真夜中のマーチ

奥田英朗

集英社文庫

真夜中のマーチ

第一章

I

ピアノがチャイムに似たイントロを奏でると、場内の照明が落ち、テーブル上のキャンドルが一斉にその存在をきらきらと浮かび上がらせた。客席のざわめきが消え、着飾った若い男女たちがステージに目を向ける。

一曲目は「イフ・アイ・ワー・ア・ベル」。マイルス・デイヴィス・クインテットの演奏そのままのコピーだった。しかもたどたどしい。メンバー全員が、アマチュアなのだ。

入り口横の小さなデスクで、横山《よこやま》健司《けんじ》は思わず電卓をたたく手を止め、ホールを見回した。幸いなことにジャズのわかる人間は交じっていないようだ。満員の客は、みな顔を上気させている。

うしろに来たアキラが、耳元で大声をあげた。

「社長、料理がなくなりかけてます」

鼓膜に響いたので顔をしかめ、にらみつける。

「百六十二人入ってるんですよ。ケータリング・サービスには百人分しか頼んでませんから」

「誰か走らせて、ドン・キホーテでポテトチップスでも買ってこい」

ぞんざいに言い捨て、手提げ金庫から一万円札を一枚取り出し、日焼けした狐《きつね》といった風情《ふぜい》の舎弟に握らせた。

「ついでに店の判子の入った領収書、万引きしてこさせろ」

アキラが細い顎《あご》でひょいとうなずき、去っていく。

再び電卓に目を落とした。液晶パネルにはぎりぎりで七桁《けた》に届いた数字が並んでいる。男が九千円、女が七千円の参加費で百三十二人から集めた金だ。残りの三十人はサクラだった。健司が抱えるタレントの卵たちだ。いくら「女性はコンパニオン、一流企業ＯＬ限定」を謳《うた》ったところで、美人が集まる保証はない。女の質は、出会い系パーティーの生命線だ。

男は、「一流企業、国家公務員限定」で募集したらすぐに定員に達した。学生時代から、それなりの人脈を築いてきたので、人集めはお手のものだ。「お持ち帰りしたい放題」という噂《うわさ》をインターネットで流した。しかも場所は渋谷・円山町《まるやまちょう》のレンタル・スペースだ。噂は勝手に独り歩きしてくれた。他の業者より高い価格設定も、信《しん》憑性《ぴょうせい》に一役買った。安ければ繁盛するわけではないので、商売とは不思議なものだ。

バンドの演奏が各自のソロパートに移った。まるでスイングしていない。とくにトランペットなど、貧血を起こした象だ。アキラを呼び寄せる。

「なんだ、あのトランペットは。日野皓正《ヒノテル》を呼べとは言わねえが、もうちょっとましなのを――」

「しょうがないッスよ。ユニオン、通してないし、交通費込みの一人五千円だし」

金のネックレスを胸元で揺らし、下唇をむいていた。

まあ、いいか。どうせ客は盛りのついた猫どもだ――。

約百万円の売り上げのうち、会場のレンタル代で二十万円取られる。ピアノとドラムと音響機材がオプションで五万円だ。となれば、あとは飲食代と人件費をいかに削るかだ。

最低でも五十万の純益は上げたいと健司は思っていた。もっとも五十万稼いだところで、満足には程遠い。パーティーの上がりなど、ちんけな日銭稼ぎでしかない。

「ビバップ」という名の会社を興して五年になる。二十五歳の健司が大学生のとき、旗揚げしたプロデュース会社だ。

人を集め、上前をはねる。高校生ですでにこの快感を知るや、学業を放棄して、様々なイベントやパーティーを手がけはじめた。元々何にでも首を突っ込む性格だったので、あちこちに顔が広く、難なくパーティー券を捌《さば》くことができた。少しの労力で、十代には手に余る金が舞い込んだ。免許のない十七歳で車を買い、ロレックスの腕時計をはめて通学した。ファストフード店で働くなど馬鹿のすることだと思った。

金があるところに女が集まることも、己の身で実感した。えっと思うような女が色目を使い、自分から服を脱いだ。毎日がバラ色になり、手帳には寝た女の名前がずらりと並んだ。マスターベーションに耽《ふけ》るニキビ面の同級生たちが、十歳も年下に見えた。

悪い仲間も増えた。ただし、暴走族のような偏差値の低い喧嘩《けんか》好きではない。金のために悪さをする連中だ。女子高生に街でブルマーを売らせ、買った中年男を追いかけて十万円の口止め料をせしめたときは、この世は自分のためにあるのではと、腹の底から笑った。

おかげで高校は一度退学になった。ブルセラの斡旋《あっせん》がばれたからには仕方がない。父親がなんとか編入先を探し、一応大学にも進学できた。

大学生になると、金儲《かねもう》けも遊びもさらに派手になった。馬鹿学校のくせに医学部があるのが、なんともおいしい話だった。親が甘くて金持ちなのだ。金融流れの外車を五割増しで売りつけ、大麻を調達する世話もした。おまけに男は医学生限定でパーティーを開けば、玉の輿狙《こしねら》いの短大生が列を作って押し寄せた。彼らは金のなる木だった。

ここで健司は美人局《つつもたせ》の手引きを覚えた。パーティーで尻軽女を医学生にあてがい、その後「人の女に手を出した」と、チンピラに金を要求させるのだ。震え上がった医学生は、主催者である健司に相談し、見捨ててはおけないと健司が仲介に入る。百万の要求を半額に値切り、五十万を裏で山分けする。医学生からはありがたがられ、金も入る。

健司は神に感謝したい気分だった。人類を、金と色に目がない生き物として創造してくれて。

青山にマンションを借り、ポルシェを買った。ブランド服以外は身に着けなくなった。学業成績は最低で、卒業は不可能となったが、痛くも痒《かゆ》くもなかった。会社に就職する気など、さらさらなかったからだ。いくら東大を出て一流企業に入ったところで、人に使われる限り蔵は建たない。

健司には信念があった。世の中には三種類の人間がいる。物を作る人間と、売る人間と、抜く人間だ。そしてこの並びは、馬鹿な順だ。

会社を作ってからは、手がける仕事も広げた。定款《ていかん》には、不動産売買、人材派遣、旅行代理業となんでもある。最近では芸能プロダクションの真似事《まねごと》もしており、タレントの卵も抱えている。もっとも、割のいいアダルトビデオに送り込むのが目的の半分なのだが。

社員は舎弟扱いのアキラ一人だ。人手が必要なときはバイトを雇うので、増やすつもりはない。給料を払うのが、いやなのだ。

人生の目標は、大金をつかんで派手に遊ぶこと。そして大物扱いされること。それが健司の、最大の望みだ。

バンドの演奏が終わった。マイルス・デイヴィスの『リラクシン』をCDの曲順のまま、各パートのソロまでコピーしたのには度肝を抜かれたが、それなりに拍手が起こったのでよしとすることにした。

健司はステージに歩み出た。マイクを手に取り、ひとつ深呼吸する。場内を明るくする合図を送り、その間に笑顔をこしらえた。

「一流ジャズメンによる演奏、いかがでしたでしょうか。生演奏をお楽しみいただけるのは、当『ビバップ』のパーティーだけでございます」

とってつけたような明るい声を出す。五十万かけて矯正した白い歯も見せた。

「もっとも、くどく時間が減るというお叱《しか》りを、殿方から頂戴《ちょうだい》することもあるのですが、いけません、焦りは禁物です。また、当方のあずかり知らぬところで、ビバップのパーティーはお持ち帰り自由との噂も流れているようですが、それは真っ赤な嘘《うそ》。当社では身持ちの堅いレディばかりを厳選して、ご参加いただいております」

どっと笑いが起こる。道化役はすっかり板についた。口八丁で生きて来たので、あがることなどない。ただ、さすがに二十五にもなるとうんざりする。

「さて、すっかり雰囲気もよくなってきたところで、本日二度目の席替えタイムがやってまいりました。ケータイの番号を聞き出した方、聞き出せなかった方、早くもできあがってしまったカップル、将来まで誓い合ってしまったカップル、いろいろいらっしゃるとは存じますが、当パーティーはできるだけ多くの人と知り合っていただくことをモットーとしております。では、男性のみなさん、ご起立を願います。一番テーブルのみなさんは二番テーブルへ。二番テーブルは三番テーブルへ。それぞれ移動してください」

男たちが一斉に立ち上がった。椅子《いす》の音が床に響く。二十代限定と条件をつけているので、全員が健司とは同世代だ。きっと頭の中はセックスのことでいっぱいだろう。そして、待ち構えている女たちも同様だ。より優秀な遺伝子を捕まえるために、フェロモンを全開にしている。

マイクのスイッチを切り、再びデスクに戻った。今度は経費の計算をはじめる。すると、サクラの一人が腰をかがめて近寄ってきた。

「ねえ、ヨコケン。わたし、五番テーブルに替えてよ」水着モデルをやっている愛子だった。

「社長と呼べ、社長と」指で胸をつつこうとしたら、ぴしゃりと撥《は》ねのけられた。

「そんなこといいから、適当な理由つけて、さっさと替えて。三田グループの御曹司《おんぞうし》が来てるのよ」

　健司が顔を上げる。「マジかよ」

「マジ、マジ。カオリが名刺もらった。三田物産の三田総一郎《みたそういちろう》。間違いないでしょ」

「馬鹿野郎。苗字《みょうじ》が一緒なぐらい。三田グループの御曹司が、平民のパーティーなんかに来るもんか」

「来るわよ。この前だって、相川急便の社長の息子が来てたじゃない」

「あれは有名なドラ息子。女を漁《あさ》りに来たの」

　そう返事しながら、受付時に参加者から提出させた名刺の束をめくった。

「でもさあ、住んでるのは高輪《たかなわ》で、慶応出身だよ」

「誰と来てんだ」探しながら聞く。

「友だちとだって。誘われて来たんだって」

　なるほど、それなら可能性としてある。名刺をめくる手が速くなる。

「あった」思わず声を発していた。確かに三田物産の名刺で、その名は三田総一郎だ。

「どいつだ、どいつだ」健司が中腰で首を伸ばす。

「五番テーブルにいるでしょう。縞《しま》のネクタイした男」

男はＢＤシャツにレジメンタル・タイ、金釦《きんボタン》のジャケットという出《い》で立ちだった。いまどきトラッドというのが却《かえ》って新鮮だった。モミアゲも伸ばしていない。童顔で、いかにも良家の子弟風だ。穏やかな笑みを浮かべ、隣の女と会話を交わしている。

もしや、と健司の気がはやった。「おまえは自分の席に戻ってろ」愛子を押しのけ、客席に向かう。

「ねえ、ヨコケン。テーブル替えてくれないの」

「うるさい」

途中、水割りのグラスを手に取った。歩きながら、台詞《せりふ》を考える。こういうときの健司は、頭の回転が速い。

「三田物産の三田さんでしたよね」横まで行き、笑顔で声をかけた。「はじめまして。主催者の横山です。三田物産でしたら、本社勤務の山本、知ってますか。ぼくとは古い仲なんですよ」

もちろん、口からでまかせだ。近づくだけなら、カダフィ大佐にだって行ける。

「山本……ですか」三田が怪訝《けげん》そうに首をひねった。「何年入社ですか？」

「ええと、何年だったかな」近くにあったスツールを引き寄せ、腰を下ろした。「早稲田の政経を出たやつなんですけどね」

「さあ、早稲田の政経と言われても……」

「いや、失礼。三田物産ともなれば、全員顔見知りというわけにはいかないでしょうし、ましてや山本なんていう一山いくらの苗字だと……あはは」

明るく笑ってグラスを持ち上げる。つられて三田がグラスを手にした。「お近づきのしるしに」半ば強引に乾杯した。

「さっき小耳に挟んだんですが、高輪にお住まいだとか。いいですね、高級住宅街で」

「いやあ、意外と不便なんですよ。駅は遠いし」

三田が謙遜《けんそん》する。高輪住まいというのは本当らしい――。落ち着いた話し振りだった。顔立ちは地味だが、どことなく品がある。ふと腕時計を見ると、どこにでもある国産品だった。本当の金持ちはこんなものだ。見栄を張る必要がないのだ。

「こういうパーティーには、よく来られるんですか？」

「いえいえ、初めてです。学生時代の悪友に誘われて」照れて頭を掻《か》いている。

「大学はどちらですか？」

「慶応です」

「もしかして、幼稚舎からとか」

「いやいや、やめましょう。パーティーでそういう話は」

三田が苦笑してかぶりを振る。のぞいた白い歯が実に美しく並んでいた。その余裕の笑みで、健司はこの男が幼稚舎出身であることを確信した。幼稚舎から慶応であることを鼻にかけるのは、芸能人と成金だけだ。

ますます気がせく。かけひきがまどろっこしくなり、つい露骨な言葉を吐いてしまった。

「あの、もしかして、三田財閥の御一族とか……」

三田が一瞬、表情を曇らせる。しかしすぐに元の笑顔に戻り、「財閥なんて、戦後GHQによって解体されたんですよ」と静かに言った。

健司の胸が躍る。体温が上がった気がした。これは本物だ。おそらく子供のころから、「三田財閥の御曹司」と言われ続け、好奇の目で見られることにうんざりしているのだ。このカモを逃がすわけにはいかない。

「すいません。不躾《ぶしつけ》なことを聞いて」健司は頭を下げ、席を立った。「それじゃあ、ごゆっくり」

急ぎ足で会場の隅へ行くと、アキラを摑《つか》まえ、頰《ほお》を平手で張った。

「おいっ。亜里沙《ありさ》はどこだ」

「なんスか。痛いッスよ」目をむいている。

「やかましい。亜里沙はどこだと聞いているんだ」

「どこかのテーブルでシナってるんじゃないですか」

「連れてこい。今すぐだ」

アキラが肩をすくめ、踵《きびす》をかえす。入れ替わりに愛子がやってきた。

「ねえ、どうだった？　三田グループの御曹司でしょ。早くテーブル、替えてよ」

「だめだ。おまえは色気が足りない。もっと胸を膨らませてから来い」

「なによ、それ」愛子が気色《けしき》ばむ。ふんと鼻を鳴らし、奥へと消えていった。

アキラに連れられ亜里沙が現れた。所属タレントの中でもっとも豊満な肉体を持つ二十歳《はたち》の娘だ。しかもおつむが弱い。頼まれたらいやとはいえず、先月は顔にモザイクをかけるという条件でＡＶ出演を承諾した事務所期待の星だ。

「なんですかあ」亜里沙が甘ったるい声を出す。都合のよいことに胸の開いたノースリーブを着ていた。厚ぼったい唇。潤んだ目。男なら誰でも股間《こかん》が持ち上がるフェロモンの塊《かたまり》だ。

「なあ、亜里沙。おれの一生の頼みを聞いてはくれないか」肩に手を置き、神妙な顔をして言った。

「えー、またですかあ。この前のＡＶのときだって、社長、そう言いませんでしたっけ」

「あれは先月。これは今月」

亜里沙は黙って口をとがらせている。

「いいか。五番テーブルにアイビールックのきりりとしたいい男がいるだろう」顔を寄せ、顎でしゃくった。「次の席替えで隣に座らせるから、おまえのダイナマイトボディで悩殺してくれ」

「えー。どこがいい男ですかあ」亜里沙が不服そうな声を出す。「だいいち地味じゃないですか。わたしは色黒のワイルド系が好みなんですけどォ」

「三田グループの御曹司だぞ。口を慎め」

「なんですか。三田グループって」

健司はしばらく呼吸を止めた。

「あのなあ。三田銀行、三田物産、三田不動産、三田生命、街のそこらじゅうに看板があるだろう。旧三田財閥だ」

「へえー」呑気《のんき》な声を出す。

「頼む。今夜あの男を誘惑して、ベッドインしてくれ」健司は真剣な眼差しで見据え、頭を下げた。

「いやですよォ」亜里沙は即座に拒否した。「好みじゃないもん」

健司は亜里沙の腕を取ると、控え室へと引っ張っていった。その場に跪《ひざまず》き、床に手をついた。

「また土下座ですか？　社長、やめてくださいよォ」

「お願いだ。会社を救うと思って」健司は床に額をこすりつけた。ＡＶ出演もこの手で説得したのだ。「ここんとこ、収益が上がってないんだ。三田グループに食い込めたら、状況は一変するんだ」もちろん嘘である。ゆすりのネタにするだけだ。

「でもォ……」

「報酬は払う。成功したら五万だ。ハワイにも連れていってやる」

亜里沙が唇をすぼめている。「……わかりました。今回だけですよォ」

なんて便利な女なのか。たった五万円で。健司はうれしくなり、立ち上がって亜里沙を抱きしめた。「おまえを絶対に売り出してやるからな」ついでに額にキスもした。

亜里沙には、三田グループの名は出さないよう注意した。あくまでも一人の男として近づくこと。金は受け取らないこと。ただし相手は金持ちなので、シャネルのバッグぐらいはねだってもいい。

「自分のことはあまり話すな。タレントの卵とだけ言っておけ」

お尻をぽんとたたき、送り出した。早速マイクを握り、席替えの指示を出す。隅の小さなテーブルに亜里沙を配置し、三田と二人きりになるように仕組んだ。

かかってくれよ。健司は心の中で祈った。名家はスキャンダルを恐れる。多少のことなら金で解決するはずだ。

三田が飲み物を手に、席に向かう。亜里沙を見るなりぎょっとして、グラスを床に落とした。亜里沙がシナを作り、胸の谷間を強調したのだ。

うぶなのか？　だったら、ありがたいのだが。健司は床の後始末をアキラに命じた。

三田が椅子を引き、腰を下ろす。バランスを崩し、うしろに倒れかけた。緊張しているのか？　少なくとも、女の扱いには慣れていないように見えた。

こうなったら亜里沙のものだ。ゲイでない限り、犬でも落とせる。

もう席替えはしなかった。健司は壁際に陣取り、ずっと二人を観察していた。

そして午後十時、パーティーが終了すると、三田は亜里沙に腕を組まれ、二人並んで会場を出て行った。

「ヤッホー！」思わず声をあげていた。「アキラーッ」舎弟を呼びつけ、びんたを張った。

「痛いッスよ。なんなんですか」

「鮨《すし》でも食いに行くか」

「殴らないで話せないんですか？」

「がたがた言うな。さっさと片付けろ」

うろうろと歩き回る。落ち着いてはいられなかった。さて、脅し役には誰を使うか。気の早いことを考えた。占有屋のササヤンか、ダフ屋のタイキュウか。いや、チンピラには荷が重いかもしれない。相手は成金息子ではなく、三田グループの御曹司なのだ。

ここは國風会《こくふうかい》のフルテツに頼もう。おっかなくはあるが、正真正銘の金バッジだ。頬が緩んで仕方がなかった。健司はこみあげてくる笑いに、一人肩を揺らしていた。

2

朝、目が覚めると隣に女が横たわっていた。はっきりしない意識のまま、顔を覆った髪をそっと指でのける。愛子だった。ああそうか、と思い出した。昨夜は機嫌を直してもらうために鮨をおごり、その延長で夜の奉仕活動もしたのだ。所属タレントには半分ほど手をつけた。アキラが尻軽女ばかりをスカウトしてくるせいだ。

大きく息を吐き、手で目をこする。ベッドから降り、洗面所で顔を洗った。鏡を見る。最近、男振りが上がった気がした。二十五ともなれば、幼さは消える。不必要に肌を焼くことも、眉《まゆ》を整えることもやめた。大人の世界に足を踏み入れたという実感がある。

となれば、シノギも変えていかなければならない。パーティー屋などあと二、三年で終わりだ。自分にふさわしいのは、もっと大きな金が動く仕事なのだ。

ローションで肌を引き締め、自分に気合を入れる。リビング・ダイニングへ行き、冷蔵庫の中の牛乳を取り出し、紙パックから直接飲んだ。時計を見ると午前十時を少し回ったところだった。

まだ寝ているかもしれないが、電話をかけることにした。気がはやって待てないのだ。亜里沙は目黒のワンルーム・マンションに住んでいる。

十回近く呼び出し音が鳴ったところで、ようやく亜里沙が出た。「はーい」とくぐもった声を出す。

「横山だ。悪いな、寝てるところを」

「うーん」いかにもだるそうに唸《うな》っていた。

「早速だが、どうだった、ゆうべは。三田グループのお坊ちゃまとは寝たのか」

「はあ……寝ましたけど」

健司は小さくガッツポーズし、その場で小躍りした。「えらいぞ、亜里沙。愛してるからな」リビングのソファを蹴飛《けと》ばす。うまく行き過ぎて怖いくらいだ。

「それはいいですから、五万円、ちゃんとくださいね」

「わかった、わかった」顔がほころぶ。これで百万単位の不労所得は堅い。「ところで、どうだった。お坊ちゃまとのエッチは」

「えー、やめてくださいよォ。朝っぱらから」亜里沙がいやそうに言った。

「いいじゃん。教えてよ」健司が甘い声を発する。情景を想像し、気持ちが昂《たか》ぶってしまったのだ。

「おまえから押し倒したんじゃないのかァ？」

「ちがいます」むきになって言い返す。

「ホテルはどこだ。帝国か。オークラか」

「円山町ですよ」

「なんだ、金持ちのくせに、意外とシブチンだな」

「そうですよ。おまけにがっついてるし。六回ですよ、六回。わたし、最後の方はひりひりしちゃって」

「六回？」そうか、むっつりスケベだったのか――。健司は愉快な気分になった。

「もういやですからね」

「もちろんさ。もう頼まないさ」今月はな。笑いをかみ殺す。

電話を切り、あらためて小躍りした。三田の野郎、真面目《まじめ》そうな顔をしやがって。六回だと。木の芽時の猿じゃねえか。

寝室へ行き、B＆OのコンポにソウライヴのCDをセットする。寝ている愛子にまたがった。「なによ」薄目を開け、不機嫌そうな声を出す。かまわず布団をはぎ、首筋に吸いついた。

「ちょっとォ。ヨコケンったら、やめてよ」

「いいじゃんよォ。平日の午前っていうのは興奮するのよ」

働くやつは馬鹿だ。利口なやつは朝からジャズを流して女を抱いている。

健司はオルガンのリズムに合わせながら、愛子の肌に舌を這《は》わせた。


午後になると、早速、國風会のフルテツに電話を入れ、渋谷の事務所へ出向くことにした。フルテツこと古谷哲永《ふるやてつなが》とは大学生のころ知り合った。渋谷青山界隈《かいわい》で派手にパーティーを開く健司に、「清掃費」を要求してきたのがきっかけだ。

「人が集まりゃあ街が汚れんだろ。だから清掃費がいるんだよ」

ショバ代とか用心棒代というオーセンティックな言葉は嫌いらしい。長身痩軀《ちょうしんそうく》。ジェルで湿らせたショートヘア。ヨージ・ヤマモトのスーツを着こなすインテリやくざだ。ただし顔には、口から頰にかけて切られた痕《あと》がある。怖くて訊《たず》ねたことはないが、それなりの修羅場をくぐってきたのだろう。

道玄坂の裏手の雑居ビルに「古谷エンタープライズ」はあった。表向きは「総合コンサルタント」ということになっているが、倒産整理と地上げが主なシノギだ。

「おう、横山。久しぶりじゃねえか」フルテツが革張りのソファに身を沈めて言った。長い足を組む。ロブスのサイドゴアブーツを履いていた。「おいしい話ってえのはなんだ。まさかこの前みたいな賞味期限切れのハルシオンじゃねえだろうな。あれは顧客からクレームが殺到して、往生したんだぞ。今度そんなブツを摑ませたら、きさま、増水した渋谷川に突き落とすからな」

「ちがいますよ」健司があわててかぶりを振る。「それにあの薬は、古谷さんが医学生を脅して持ち出させたんじゃないですか。ぼくは運び役をやっただけです」

「てめえが、『ちょいと脅せば』なんて煽《あお》るようなことを言うからだ」

フルテツがたばこをくわえ、横から若い子分がライターで火をつけた。天井に向け、紫煙をくゆらす。まだ三十というのに、貫禄《かんろく》は充分だ。組の出世頭だと聞いたことがある。

「実は、ゆうべ極上のカモを網にかけまして……」顔色をうかがいつつ、話を切り出した。「それが三田物産の若い社員なんスけど、三田グループの御曹司らしいんですよ」

「三田グループ？」フルテツが組んだ足を下ろす。「マジか」真顔で身を乗り出した。

「ええ。名前は三田総一郎。幼稚舎からの慶応で、高輪住まい。直接話もしましたが、まず間違いないです」

「総一郎ってェからには本家なんだろうな。で、いつもの手か」

「はい。亜里沙っていう、うちの鉄砲玉を命中させました。六回やられたっていうから、回数分……」

「六回か」フルテツが鼻で笑う。「いいねえ、若い人は」不気味に目を細め、顎を撫《な》でた。

「それで、相手は成金とはわけがちがうので、できましたら古谷さんの手をお借りしたいと……」

「どういう絵だ」

「女がタレントの卵だってことはカモも知ってます。ですから、古谷エンタープライズの所属ということにして、あとは脅しを一発。そうなったら、ぼくが仲介に入ります。金額は一千万を目標にして、相手の出方で臨機応変。取り分は五対五《ゴーゴー》で……」

「しょっぺえ野郎だな、てめえは。せっかくカモが葱《ねぎ》しょって、鍋《なべ》まで持参でやってきたってェのに、たったの一本か。三本は行くぞ」

「三千万ですか。いやあ、それは危険ッスよ」

健司は眉をひそめた。警察に駆け込まれたら元も子もない。それに暴対法を逃れるため、金額提示は自分の役目なのだ。

「大丈夫だ。妊娠したことにする。半ダースもやってんだ。しくじっても不思議はねえ」

「妊娠？　診断書はどうするんですか」

「あのな、世の中、金を積んで手に入らないものはないんだ。任せとけ。死亡診断書だって売り買いされてんだよ、こっちの世界では」

「はあ……」感心はしたが、同時に不安も募った。いかに名門一族の子息とはいえ、三千万円も引き出せるのだろうか。

いや、この妙な慎重さが、自分の克服すべき点なのかもしれない。小物と大物の差は、危ない橋が渡れるかどうかだ。失敗を恐れていては、この先もパーティー屋のままだ。

「六対四《ロクヨン》な」フルテツが再びソファにもたれ、静かに言った。

「いや、それはちょっと」

無言でにらみつけられた。

「……わかりました」

いいか。三千万取れれば、千二百万が転がり込む。

「カモは二週間、泳がせろ。妊娠判定には命中日から最低二週間かかるんだ」

「はい」

「向こうはまず弁護士が出てくるだろうが、びびるこたァねえ。名家にとっていちばん怖いのはスキャンダルだ。マスコミをちらつかせれば、鉄板で警察はない。金で解決したいはずだ」

「そうですね」

「おまえの芝居にもかかってるからな。ヘタは打つなよ」フルテツがにやりと笑う。「横山もたまにはいい話を持ってくるじゃねえか。え？　これからは千万単位で行こうぜ。おまえもチンケなシノギは卒業しな」

その言葉を聞き、健司は腹をくくった。ここは正念場だ。自分は、一皮むけるのだ。フルテツの事務所を辞去し、愛車の黒いポルシェに乗り込んだ。まだ真新しく、ローンはたっぷり残っている。いまさら国産車には戻れない。セルシオだっていやだ。成功させてローンを完済しよう。ついでにもう一台、ベンツのＳＬも買ってやる。健司は腹に力を込めた。キーをひねり、エンジンを始動させる。道玄坂にバリトン・サックスのような分厚い排気音が響き渡った。


南青山のマンションの一室にある自分の会社に顔を出すと、アキラがパソコンに向かって顧客リストの打ち込みをしていた。一年前、クラブのボーイをしているところを引き抜いた舎弟だ。馬鹿だが従順で、ナンパに長《た》けている。女のスカウト役にはうってつけだ。

「社長、さっき亜里沙から電話がありました」アキラが振り向いて言う。

「なんだって？」

「さあ。連絡がほしいって」

ちょうどいい。こっちも用がある。奥の社長室へ行き、マホガニーの机に足を載せた。受話器を手にする。つながるなり、亜里沙の不機嫌な声が耳に飛び込んだ。

「ねえ、社長。例のお坊ちゃま、ちょっと変なんじゃない」

「なによ。どうしたのよ」

「ケータイに電話がかかってきて、『今夜会えない？』って」

いよいよ猿だ。昨日の今日だろう。健司は呆《あき》れ返った。

「それもさあ、『今度は君の部屋に行きたいな』だって。そういうの、困るよォ。ケータイの番号なんて交換するんじゃなかった」

あのおとなしそうな顔で……。つい噴き出してしまう。きっと良家の子息として表面を取り繕《つくろ》っているぶん、少しのことでタガが外れてしまうのだ。しかしこれは好都合だ。

「いいか、亜里沙。これから二週間、三田の野郎から逃げ回れ。ケータイにメッセージが入ってたら消すな。あとで証拠にする。それからおまえ、妊娠したことにしてもらうからな」

「どういうことですか？」

健司は詳しい事情を説明した。「えーっ。そんなー」嫌がる亜里沙に、迷惑はかけないから、別途で五万円あげるから、と猫なで声を出す。

「いつになったらテレビの仕事を回してくれるんですかァ」

「これが終わったらさ」もちろん、そんなあてはない。

最後は渋々了承させ、電話を切った。健司は一人ほくそえんだ。これでストーリーはより説得力を増した。パーティーで知り合った女を妊娠させ、その後も、やりたい一心でストーカーまがいのつきまとい行為を働いた——。

「あはは」声を上げて笑った。三千万という金額が、少しも無謀だとは思わなくなっていた。

3

亜里沙からは毎日のように泣きの電話が入った。三田が連日、誘ってくるのだ。ケータイのスイッチを切ると、メッセージが入るようになった。

「亜里沙ちゃん、遊ぼうよ。お台場でデートしない？」

「おいしいイタリア料理の店を見つけたんだけど、一緒に行かない？」

「どうして電話くれないの。今度の土曜日、会おうよ。また愛し合おうよ」

亜里沙を呼びつけ、カセットテープに録音しながら、健司は腹を抱えて笑った。そしてフルテツに証拠テープを届け、今度は二人で盛大に笑い転げた。

「人間、一皮むけばこんなものよ」フルテツが涙目で言った。「とくにエリート連中はストレスが溜《た》まるから、極端な方向に進むんだ。ＳＭの秘密クラブなんざ、一流企業のトップがずらり顧客に名を連ねてるっていうじゃねえか」

その言葉には納得がいった。自分のようなチャランポランな人種は、遊びも適当だ。逸脱するのは、生真面目な連中なのだ。

「おい、これなら五本はいけるんじゃねえのか？」フルテツが頬の傷を揺らす。

「お任せします」健司もその気になっていた。

三田が青くなるのが容易に想像できた。もはや、大金が転がり込むのは、夢でもなんでもない。


やけに長く感じた二週間が過ぎ、フルテツが早速行動を起こした。三田物産に電話を入れ、三田総一郎を呼び出すことにしたのだ。

「今夜七時、事務所に来る。おまえはその前に、どこかで会って吹き込んでおけ。女は二十分前によこせ。やっこさん、しどろもどろだったぞ。反応は上々だ。おまえもうまくやれよ」

フルテツからの連絡を受け、健司は武者震いした。やくざを頼った以上、自分だけの問題では済まない。ヘタを打てば、今度はフルテツを敵に回す。

ひとつ深呼吸して、亜里沙に電話をした。

「いいか。一切口は利かなくていいからな。三田とは目を合わせるな。フルテツの隣でうなだれてろ」細かな指示を出す。

「ねえ、わたし、何着てこう」亜里沙の呑気な声だった。

「知るか、そんなもん」つい声を荒らげる。「ああ、ええと、胸の開いた服だけはやめとけ。それからスリットの入ったミニも」

続いて三田の会社に電話をした。

「三田さんですか。わたし、ビバップの横山です。覚えてらっしゃいますか。先日のパーティーの主催者です」沈痛な口調で言った。

「ちょっと待ってください」と硬い声を発し、保留にされた。きっと同僚に聞かれたくなくて会議室にでも走っているのだろう。しばらくしてつながった。

「三田さん、古谷エンタープライズの所属タレントを妊娠させちゃったんですか。それ、まずいッスよ。うちにも電話がかかってきて、今夜七時に来いって……」

三田のうろたえぶりが手に取るようにわかった。「はあ」とか「ええ」とか言うだけで、まともな返事がかえってこない。

「古谷って誰だか知ってます？」

ここで健司は、相手が渋谷では有名な暴力団、國風会の金バッジであることを告げた。フルテツは三田に組の名を出していない。自分から出せば暴対法にひっかかるからだ。

「そうなんですか？」三田は泣きそうな声を出した。

「とにかく、事務所に行く前に会って対策を練りましょう。六時半に道玄坂のスターバックスで。このことは、まだ誰にも言わない方がいいですよ」

三田はほとんど言いなりだった。やくざに脅されるなど、人生で初めての経験にちがいない。となれば、道連れの健司は同じ立場の仲間だ。頼ってくれればこっちのものだ。

それにつけてもフルテツのお手並みは鮮やかだ。健司は感心した。脅した日に呼びつける。時間を与えず、たたみかけて判断力をなくさせるのが、やくざの常套手段《じようとうしゆだん》だ。

約束の時間に、三田は青い顔で現れた。パーティーの夜と同様、ＢＤシャツにレジメンタル・タイを締めている。あらためて見ると、三田は純和風の平凡な顔立ちをしていた。各パーツが整ってはいるものの、全体的に地味なのだ。背は自分と同じくらいか。平均より少し高いといったところだ。

名家の子息じゃなきゃモテねえよな。小さなテーブルに向き合い、健司は腹の中でひとりごちた。しかしそれより、今は脅しだ。

「たまんないよなあ、どうしてうちの会社が関係あるのかなあ」顔を歪《ゆが》め、貧乏揺すりして言った。「亜里沙って女の子には、参加者の人数合わせのために来てもらっただけで、そりゃあ事務所に断らなかったっていうのはあるけど、それにしたって、参加者同士がデキちゃったことについては、責任の取りようがないって言うか……ねえ、三田さん、そうでしょ？」

「ええ」汗をかいて下を向いている。

「すげえ剣幕でさあ、『てめえ、うちの商品を傷物にしやがったな』って。『わたしは何もしてません』って言ったんだけど、『狼《おおかみ》の中に羊を放り込んだ責任だ』とか、わけのわかんない理由つけて……。それにしても、三田さん、ちゃんと避妊しなかったわけ？」

「いや、したんですけど」消え入りそうな声で言った。

「聞いた話では、何度もしたそうじゃない。そりゃあ失敗する可能性だってあるんじゃない」

「はい」

「それに、その後もしつこく誘ったんだって？　まずいよ、これ。言い訳きかないよ」

三田は落ち着きなく、目を瞬《しばたた》かせていた。抵抗しそうな気配は微塵《みじん》もない。

「はー」健司は大きくため息をついた。「電話でも話したけど、古谷って人、國風会の幹部なんだよね。おれもこの辺で遊んでたから、名前知ってるけど、それは恐ろしい人でさあ。刃向かった人間が何人か行方不明になって、警察も疑ってんだけど、なにしろ死体が出てこなきゃ事件にできないものだから……」ここで声をひそめた。「どうやら、秩父《ちちぶ》の山奥に自前の焼却炉があるらしいんだよね。そこで骨まで焼かれちゃうわけ。とにかく、頭に来ると手段を選ばないんだよ、あの人は」

三田が生唾《なまつば》を飲み込む。その音がはっきり聞こえた。

「わかってると思うけど、謝って済む相手じゃないから、慰謝料が必要だよ」

「やっぱり、そうですか……」

「当たり前じゃん。向こうは『誠意を見せろ』の一点張りで、金をよこせとは言わないけど、それはやくざの手口で、警察が出てきても恐喝罪で挙げられないための知恵なわけよ。とにかく満足のいく金額を提示しない限り、いつまでも言ってくるから。しつこいよ、やくざは」

「あの、横山さんは、お金を出すんですか」

「出すよ。しょうがないじゃん。三百万は覚悟するよ。だって命惜しいもん」

「三百万、ですか」三田が目を丸くした。

「何を驚いてんのよ。それはこっちのおとしまえであって、あんたはそれくらいじゃ済まないよ。十倍の三千万はいるよ」

「三千万？」声が裏返った。

「おれね、はっきり言って、あんたを恨むよ。やくざがバックについてるなんて知らないで、女の子をパーティーに招いただけなんだぜ。それも指一本触れてない。あんたが鼻の下伸ばしてちょっかいかけるから、とんだ災難に遭ってんだよ」

「ぼく、三千万なんて……」口をぱくぱくさせている。

「親でもなんでも頼りなよ。おれ、あんたのことはもう知らないから、金を払うか山奥で灰になるか、自分で選びな」

最後はつっけんどんに言って席を立った。「さあ、時間だから行くよ」もはや顔色のない三田を促し、店を出た。

これで下ごしらえはできた。あとはフルテツ次第だ。あの男なら、たとえ相手が三田一族であろうと、一歩も退《ひ》くことなく金を引き出してくれそうだ。自然と鼻の穴が開く。

雑居ビルのエレベーターに乗り、古谷エンタープライズのある階を目指した。ドアの前に立つ。國風会の代紋が貼《は》ってあった。普段はないものだ。

インターホンで来訪を告げる。子分が応対に出て、中に通された。衝立《ついたて》の向こうに応接セットがあり、窓際のソファにフルテツと亜里沙が座っていた。フルテツは営業用なのか、Ｖシネマの役者のようなスーツを着ていた。

「おう、来たな。まあ、そこに座れ」

そう言われて二人で正面に腰を下ろす。

「馬鹿野郎！　誰がソファに座れって言った。床だ。床に正座するんだよ！」

いきなり怒声が飛んだ。思わず首をすくめる。想像以上の迫力だった。芝居だとわかっていても、急所が縮み上がった。

子分がソファをうしろへずらし、健司と三田はその場に正座した。亜里沙は目をぱちくりさせていた。

「ほれ、よく見ろ。これが診断書だ」

フルテツが書類を目の前でひらひらと振る。確かに病院名と判が押された診断書だった。本当に手に入れてきたのだ。

「事務所の定期健診を受けさせて、順調なはずの生理がこないから、念のために尿検査をしたら、あっと驚く陽性反応だ。いやあ、若いっていうのは生殖能力が高いんだね。感心したよ」

口調は和らいだが、噴火前の火山のような不気味さがあった。三田は黙って目を伏せている。

「いいか、よく聞け。この娘はな、秋田県は山間部の小さな町から連れてきたんだ。ご両親に頭を下げて、必ずやスターにしてみせますって約束して、二百万の支度金を払って、ようやく了解を得ていただいてきたんだ。大事な預かり物なんだよ」

子分の一人がお茶を運んできた。フルテツに手渡す。フルテツは一口飲むなり、

「なんだ、この温《ぬる》いのは！」と大声をあげ、湯呑《ゆの》みを壁に投げつけた。

三田が隣で縮こまる。亜里沙が「きゃっ」と小さな悲鳴をあげた。下の者を怒鳴りつけ、周囲をびびらせる。これもやくざの常套手段だ。

「おれはなァ、この娘をスターに育て上げようと、それこそ身を粉にして働いてきたんだ。この三年間、おれが亜里沙にどれだけ投資したかわかってんのか？　目黒にマンション借りて住まわせて、歌と踊りのレッスンに通わせて、生活費も与えて。いいか、一千万や二千万ではきかねえぞ。要するに親代わりよ。手塩にかけて育て、あちこちに売り込んで、やっとプロデューサー連中に顔を覚えてもらって、いよいよこれからってときに……」

額に青筋を立てている。たいした役者だ。口下手《くちべた》はやくざになれないと、健司はあらためて思った。

「だいいち、おれは実家の親御さんに合わせる顔がねえんだよ。大事な娘さんを東京に連れてきて、腹ボテにしてしまいましたじゃ、死んで詫《わ》びるしかねえだろう。ちがうか？　おまえらがしでかしたことはなァ、何人かの人生を台なしにするくらいの犯罪行為なんだよ」フルテツが身を乗り出し、健司と三田を凝視した。「さて、そこでだ。おまえらがどうおとしまえをつけてくれるかだが……まず横山、どうするつもりなんだ？」

「あ、いや、ぼくはですね、パーティーにお誘いしただけで、何も悪いことはしてないっていうか……」健司がつかえながら言う。

「なめてんのか、てめえは！」事務所に怒号がこだました。「世の中には主催者責任ってもんがあるんだよ。航空ショーで事故が起きたらパイロットの責任か？　賠償金を払うのは自衛隊だろうが」

髪をつかまれた。床にごりごりと押し付けられる。打ち合わせにはなかったことだ。もちろん抗議はできない。

「どういう誠意を見せるのかって聞いてんだよ！」ついでに足で踏まれた。しかも本気で。

「すいませんっ」健司は震えて見せた。「なんとか、古谷さんのお怒りが鎮まりますよう、誠意を見せさせていただきますので、何卒《なにとぞ》ご勘弁を」

「ふん、さすがはこの界隈で遊んでるだけあって、しきたりはわきまえてるようだな。でもな、誠意の相場を間違えると、てめえ、とってもよくないことが起きるからな」

「はい、わかってます」不思議なもので、涙ぐむことができた。気持ちも昂ぶってきた。

「さて、次はおまえだ」フルテツが三田に向き直る。「おまえは生半可な誠意では済まねえからな。いたいけな娘をおもちゃにして、腹ボテにさせて、まあこっちの世界なら、指を二本詰めるとか、耳を落とすとか、いろいろ手はあるんだが、堅気さんにそうはいくめえ。この先、会社勤めだってあるだろうしな」

たばこをくわえ、子分に火をつけさせた。ゆっくりと煙を吐き出す。

「あんた、亜里沙をもらってやってくれ」ぽつりと言った。三田が思わず顔を上げた。

「おなかの子を堕ろさせるなんて、おれにはできねえ。中絶が原因で、その先子供ができなくなるなんてこともあるそうだからな。亜里沙の一生の問題なんだよ。頼む。生まれてくる子の父親になってくれ」

この手できたかと、健司は感心した。最初にいちばんの難題を吹っかけるのだ。三田一族が、教養ゼロのおっぱい娘など受け入れるわけがない。

「さいわい、あんたは一流商社のエリート・サラリーマンだ。亜里沙の両親も説得しやすい。スターになるはずが一介の主婦だから、納得はしねえだろうが、ぎりぎり許せる範囲だ。結婚してやってくれ。この子をしあわせにしてやってくれ」

フルテツが亜里沙の肩をたたく。亜里沙は下を向いたまま唇をすぼめていた。

「……わかりました」三田が硬い表情で声を発する。「亜里沙さんと、結婚させていただきます」

全員が黙った。

時間が止まったかのように、それぞれが動けないでいた。

フルテツが、健司に視線をよこす。やくざではなく、ただの青年の顔をしていた。

亜里沙を見た。顔を赤くしていた。

「あの、三田君」健司がかろうじて声をふりしぼった。「こういうことは、両親に相談して決めた方がいいと思うんだけど」

「あ、ああ。そうだな」フルテツも言った。やけに甲高《かんだか》い声だった。「そ、そ、その、あんたの家が祝福するかどうかっていうのも、大事な問題だし」おまけに舌がもつれていた。

「大丈夫です。両親はぼくの意思を尊重してくれます」と三田。

再び沈黙が流れる。

またフルテツが健司を見た。今度は目が少し血走っていた。

「……三田君のお父さんって、何をしてるわけ？」健司が恐る恐る聞いた。

「一応、会社経営です」

そうだろう、そうだろう。三田物産か？　三田銀行か？　それとも三田不動産か？

「といっても、従業員二人で鉛筆削り器を製造する工場ですけど」三田が額の汗をぬぐって言う。

「鉛筆削り器？」耳を疑った。まだ事態がつかめなかった。「こういうやつ？」健司がハンドルを回す仕草をする。

「いいえ、こういうやつです」

三田は、鉛筆を差し込んでねじるゼスチャーをした。

感想が浮かんでこない。三度目の沈黙。壁掛け時計の秒針の音まで聞こえた。

「……ひとつ聞いていい？」と健司。

「どうぞ」

「今の時代、需要あるわけ？」

「ええ。中東とか、アフリカとかで」

「あ、そう」

「おい、横山」フルテツが静かに言った。凶暴な目をしていた。「ちょっと別室で話をするか」ソファから立ち上がり、奥の小部屋を顎《ひざ》でしゃくった。

すーっと血の気が引いていった。膝を立てようとして足がすくんだ。それでも震えながらあとに続く。

　ドアを閉めると、いきなり胸倉を摑まれた。

「どうなってんだ、この野郎」フルテツが低く唸る。真っ赤な顔をしていた。「どこが三田グループの御曹司だ」

「いや、あの、その」全身に汗が噴き出してきた。

「単に三田物産に勤めてる、三田って苗字の野郎なだけじゃねえか」

　今度は顔を両手で挟まれ、親指で眼球を押し込まれた。

「あたたたた」激痛が走る。

「てめえ死にてえのか」

「す、すいません」

「今度、渋谷川が増水したときが楽しみだな。このままで済むと思うなよ。診断書だってただじゃねえんだからな」

「は、はい」健司は懸命にうなずいた。

　眼球の責め苦から解放され、その場にうずくまった。

「ポケットの中のもん、床に全部出せ」とフルテツ。

　言われたとおりにすると、フルテツはその中からポルシェのキーを拾い上げた。

「あ、それは」

フルテツが、ものも言わず膝蹴りを繰り出した。顔面に当たる。涙が浮かび、鼻の奥がジンときた。

「とっとと消えろ」尻を思い切り蹴飛ばされた。「どうおとしまえをつけるかは、あらためて考える。いいか、スペシャルなおとしまえにしてやるからな。それまでポルシェはカタだ」

転げるようにして、小部屋を出る。三田と亜里沙が驚いた顔で腰を浮かせた。

「小僧っ子どもがァ。てめえら全員、さっさと消えやがれ！」フルテツが声を張りあげた。「このおれ様を、ガキのお遊戯なんかに付き合わせやがって！」

テーブルをひっくり返した。亜里沙があわてて玄関に走る。三田は足が痺《しび》れたらしく、這いながら逃げ出した。

健司は、出際にもう一度蹴飛ばされ、廊下の壁に額をしたたか打ちつけた。

「三田ァ。この野郎、何が三田グループだ！」

ビルを出たところで、健司が三田につかみかかった。壁に押し付け、ネクタイを締めあげた。

「な、なんのことですか」三田は目を白黒させている。

「とぼけるんじゃねえ。思わせぶりなことばっか言いやがって。慶応幼稚舎出身って言うのは、はったりだろう」

「誰も幼稚舎出身だなんて言ってないじゃないですか」

「なんだと？　じゃあ、高輪に住んでるってのはどうなんだ」

「ほんとですよ。会社の独身寮ですけど」

「独身寮？」声が裏返った。「だったらはじめからそう言え、この野郎！」

わかったぞ。この男は、勤務先と三田総一郎という名前で相手に勘違いをさせて、女漁りをしているスケベ野郎なのだ。

「ねえ、ちょっとやめたら。人が見てるよ」亜里沙が腕を引っ張った。

「やかましい。おまえはもう帰れ。邪魔だ」

「邪魔ってなによ。さんざん人を引っ張りまわしておいて」目をむき、気色ばむ。

健司は呼吸を整えると、財布から一万円札を抜き取り、亜里沙に握らせた。

「タクシー代だ。ギャラはちゃんと振り込むから」

亜里沙は頬をふくらませると、ぷいと横を向き、去っていった。

「あ、亜里沙ちゃん」と三田。

「亜里沙ちゃん？　この野郎……」こめかみがひくひくと痙攣《けいれん》した。「うちのタレントに手を出したお礼だけはさせてもらうからな」

「うちのタレント？　古谷エンタープライズじゃないんですか」

「うるせえんだよ。このむっつりスケベが」平手で頭をはたく。

「ちょっと、乱暴はやめてください」

「おれのポルシェを返せ」

「なんのことですか」

「うるせえ、うるせえ」もうその言葉しか出てこない。

泣きたくなってきた。フルテツを怒らせてしまった。ポルシェも取りあげられてしまった。この先いったいどうなるのか。

健司は何度も三田の頭をはたいていた。

4

フルテツの要求は二日後に来た。事務所に呼び出され、青山は骨董通《こっとうどお》り沿いに建つマンションの部屋を借りてこい、と言ってきたのである。

「それ、なんですか」不安な気持ちが胸の中で充満した。

「メゾンド南青山の四〇一号室だ。空室なのは調査済み。頼んだぞ」

「どうして、ぼくが……」

フルテツは眉間《みけん》を寄せ、頰の傷を指でなぞった。「おれが出ていって、借りられると思うか？」

「でも、ぼくだって、不動産屋が貸したがるタイプの人間じゃないですよ」

「髪を刈り上げて、七三に分けて行け」低く凄《すご》まれた。

「じゃあ、やりますから、ポルシェを……」

「ああ？」仁王のような顔になる。健司は黙らざるをえなかった。

「あのポルシェ、ギアの調子が悪いんじゃないのか。しょっちゅうノッキングしてるぞ」とフルテツ。

どういう扱いをしているのか。オートマチックだろう。

一応、経費だけは渡された。百万円の束が二つだった。それなりの物件だと推察できた。

借りる理由を聞くと、「知らなくていい」と一蹴《いっしゅう》された。「コレですか」小指を立てると、ものも言わず小突かれた。ろくな使い道でないことは予想できたが、犯罪がらみだと片棒を担ぐことになる。

気が重かった。やくざのしつこさは、いやというほど知っている。

早速、教えられたマンションに行くと、赤レンガの外壁の、新しくはないが重厚そうな物件だった。一階には店舗がいくつか入っている。管理している不動産会社はすぐ隣のビルにあった。ウインドウにはくだんのマンションの写真と間取り図が貼ってある。１ＬＤＫで家賃は三十万円に近かった。

敷居をまたぐのに、健司は躊躇《ちゅうちょ》した。こんな高級マンション、自分に借りられるだろうか。今の住居は親を保証人にして借りたが、その親からはとっくに勘当されている。

保証人か——。アキラは論外だし、女どもはいやがるに決まっている。吐息をついた。こういうときは、自分の身分を思い知らされる。会社をやっているといっても、世間的に見れば、身元は不確かなのだ。

誰かいないかと、考えを巡らす。そもそも自分の周りには、普通の会社員がいない。ふと三田の顔が浮かんだ。いた——。思わず膝を打っていた。三田物産の三田総一郎。鉄壁の保証人だ。

ただで済ませるつもりはなかったので、ちょうどいい。弱みだって握っている。いや、いっそ三田に借りさせればいい。さぞやスムーズにことが運ぶことだろう。気がはやり、健司は駆け出していた。これで最初の要求はクリアだ。

「なんですか、それは。どうしてぼくが借りなきゃなんないんですか」

三田物産に乗り込み、受付で「アポがある」と嘘をつき呼び出すと、三田は警戒しながらも、応接ロビーに降りてきた。そして健司が話を切り出すなり、顔をこわばらせて拒否した。

「それに、亜里沙ちゃんから聞きましたからね。妊娠したなんて嘘じゃないですか。やくざと組んでぼくを強請《ゆす》ろうとしたわけですね」

「あんた、まだ亜里沙につきまとってるわけ？」健司がにらみつける。

「どういうことなのか、電話で説明を求めただけです」三田は口をへの字にして、胸をそらせた。

「嘘つけこの野郎。またやらせてもらおうなんて思ってんだろう」

「そんなことはありません」鼻の穴を広げている。

「ふん。まあいい。とにかく、あんたの名義で借りてもらうからな」

「いやだって言ってるでしょう」

「いいや、やるんだ」健司はポケットからカセットレコーダーを取り出した。「てめえの恥ずかしいテープだ」

テーブルに置いて再生スイッチを押した。「もしもし、亜里沙ちゃん……」亜里沙のケータイに残したメッセージが流れる。三田がみるみる顔色を変えた。

「なあにが『愛し合おうよ』だ。このセックスアニマルが。もし断るんだったら、このテープを大量にダビングして、てめえの職場と寮にばらまいてやるからな」

続いて、一枚の書類を三田に突きつけた。《三田総一郎のストーカー行為が、一人の女性を苦しめています》と見出しの打たれた告発文書だ。

「ついでに人事にねじこんでやる。さあ、大変だ。社内の評判ってえのは一生ついて回るぞ」

三田が頬をひきつらせる。小さく咳払《せきばら》いをした。すぐ脇を、ＯＬたちが談笑しながら通り過ぎていく。一流商社だけあって美人揃《ぞろ》いだった。

三田はしばらく黙ったのち、「どうぞ」と落ち着き払って言った。

「脅しには屈しません。それに、誰も信じませんよ」力のこもった目をしていた。

「あ、そう。じゃあ寮は今夜にでも」

健司は即答し、立ち上がった。レコーダーと書類をポケットにしまう。踵をかえし、大股《おおまた》でロビーを横切った。

外に出た。夕日を浴び、オフィス街のビルの窓がきらきらと輝いている。中でもひときわ高い三田物産本社ビルを見上げ、健司はふんと鼻を鳴らした。

「横山さん」三田が息を切らして駆けてきた。額に汗をかいている。「わけだけでも聞かせてくださいよ」情けない声を出していた。

「いやあ、悪かった。脅すようなことを言うから構えちゃったんだね」健司が口の端を持ち上げる。

「そろそろ引っ越そうと思って、気に入った物件を見つけたんだけどさ、おれ、定収入がないから、借りられないんだよね。だからあんたに借りてもらおうと思って」

「ほんとにそれだけですか？」

「もちろん」肩をぽんとたたいた。

「これが最後ですよね」

「イエース」

笑いをこらえ、サッチモのようなダミ声で言う。三田が眉を下げ、ため息をついた。

翌日、三田を不動産屋に行かせると、いとも簡単に賃貸契約を結んできた。名刺と社員証を見せるなり、不動産屋の親父がもみ手をして奥へ通したというのだ。世の中はなんて不公平にできているのか。ただし、保証人は必要とのことで、健司が渋々自分の名前を書き込んだ。

「三田一族の人間か、とは聞かれなかったのか」待ち合わせたカフェで健司が訊ねた。

「聞かれました。でも、頭を掻いて、『いえ、わたしは入社三年目の駆け出しですから、そのように扱ってください』って言ったら、向こうは勝手に勘違いしたみたいで……」

これではっきりした。三田総一郎は、この手を使って、あちこちでおいしい目を見ているせこい男なのだ。

「おまえなあ、そんな手を使わなくても、慶応出の三田物産社員で充分だろう」

「いいじゃないですか、そんなこと」

「ところで入社三年目ってことは、いくつなの？」

「二十五ですけど」

「ふうん、おれと同い年か」

「えー、そうなの。同い年なの？」三田が急になれなれしく言う。

「おい、タメ口なんか利くんじゃねえぞ」目を吊《つ》り上げ、釘《くぎ》を刺した。

ともあれ、フルテツの要求には応《こた》えることができた。何か問題が起きても、三田のところに行くだけだ。

ひとつ肩の荷を降ろした気分になり、健司はカプチーノをゆっくりと飲み干した。三田はコーヒーに砂糖を三杯も入れてすすっている。その仕草は、どことなく鈍臭かった。横をミニスカートの若い女が通る。三田が振り向く。おい、よそ見するな。そう思った途端、カップを手から落とし、テーブルにコーヒーをぶちまけた。健司のズボンにかかる。

「てめえ、この野郎」

「あ、すいません」

三田があわてて立ち上がった。ところが前につんのめり、今度は一本脚の丸テーブルが健司に向かって倒れてきた。

に浮く。

「おいっ」声を上げると同時に、三田ものしかかってきた。足が滑る。二人揃って宙

完全にわかった。三田は、スケベでせこいうえ、鈍臭い男なのだ。

健司は、三田の全体重を浴びて、床に打ちつけられた。ヒキガエルに似た自分の呻《うめ》き声が、鼓膜の内側から聞こえた。

フルテツにはその日の夜、部屋の鍵《かぎ》を届けた。健司は、三本あるうちの二本だけを差し出した。万が一のことを想定し、一本は自分が持っていた方がいいと判断したのだ。

やくざはいつ懲役があるかわからない。フルテツ自身が住むにしろ、女に住まわせるにしろ、後始末が降りかかってくる可能性はある。三田に押しつけるにしても、保証人に名を記してしまった以上、最低限の防御は必要だ。

「おめえ、少しは役に立つじゃねえか」フルテツは鍵をお手玉のように宙に放ると、にやりと笑って言った。

「それじゃあ、ポルシェを……」

「ああ?」いきなり顔つきが変わる。「なんか言ったか」眼光鋭くにらみつけられた。

「でも、車がないと不便で……」

「若いのが横着するんじゃねえ。東京には地下鉄だってバスだって走ってんだぞ」

健司は肩を落とした。果たして愛車は返ってくるのだろうか。

「しかしポルシェっていうのは、車高が低過ぎるんじゃねえのか。しょっちゅう床がゴリゴリいってるぞ」

健司が顔を歪める。こっちはガソリンスタンドへ乗り入れるときだって、段差のあるところは避けているというのに。

「返すのはもう少し誠意を見てからだ」

その言葉に深くため息をついた。やくざの要求は、下手に出ている限り、際限がない。

5

車がないので仕方なく自転車を買った。学生時代から車での移動に慣れてきたせいで、下々が乗る公共の交通機関などプライドが許さないのだ。地下鉄の入り口に立つだけで屈辱を覚えた。知らない人間と体をくっつけて電車に揺られるなど、自分の人生にあってはならないことだ。

どうせ自宅と会社は地下鉄で一駅の距離なので、自転車通勤でもたいした時間にはならない。むしろ渋滞がないぶん、車より早いくらいだった。

「車はまだ修理から上がってこないんですか」アキラが呑気に言った。

「今度はシャーシのチューンを頼んでんだよ」健司がいい加減に返事をする。

フルテツに車を取られたことは周囲に告げていなかった。日頃大きなことを言っているので、格好悪い姿はさらせない。

「ところで社長、あちこちから請求書が来てますけど」

「あちこちじゃわからん」

「レンタルスペース・スタジオK、ケータリングサービス・ミソノ、同じくベター、寿司八《すしはち》、山野屋、フラワーショップやよい……」

「うるせえ」声を荒らげる。

「社長がわからんって言うからでしょう」アキラは口をとがらせていた。

「さっさと振り込んでおけ。そのくらいの金はあるんだろう？」

「全然足りません」

「なんでだ」

「社長が遣うからでしょう。ビアンキのロードバイクなんか買って。軽自動車並みの値段じゃないですか」

「てめえ、おれに無印良品のチャリンコにでも乗れっていうのか」

電話が鳴る。出ると三田からだった。三田？　意外な思いがした。

「おお、久しぶりだなあ、ミタゾウ。なんだ、金でも貸してくれるのか」

「貸すわけないでしょう。それより、ミタゾウっていうのは何ですか」

「三田総一郎だからミタゾウだ」

「じゃあこっちもヨコケンって呼びますよ。亜里沙ちゃんはそう呼んでましたから」

「この野郎、まだ亜里沙にちょっかいかけてやがんのか？」

エロ会社員が——。なめた口を利くのが気に入らなかった。

「そうじゃなくて、横山さん、あのマンションで何をしてるんですか？」三田の、かすかに怒気を含んだ声だった。「さっき、メゾンド南青山の管理人から会社に電話がかかってきましたよ。深夜に音をたてないでほしいって」

健司が眉をひそめる。もちろん考えてわかるわけがない。使っているのはフルテツなのだ。

「家賃三十万のマンションだろう。音なんか響くのか？」

「下の階からの苦情だそうです。深夜だと、いくら頑丈な造りでも少しぐらいは響くでしょう」

「ふうん」そう言われても返事のしようがなかった。

「変ですね。分厚いカーペットが敷いてあるのに」

「ああ、そうだな」知らないので適当に相槌《あいづち》をうつ。

「本当に横山さんが住んでるんですか」

「てめえ、おれを疑ってるのか？」語気強く言った。

「だって、本当はフローリングの床ですよ。カーペットといったのは嘘です」

言葉に詰まる。じんわり顔が熱くなった。

「この野郎、カマなんかかけやがって」

「説明ぐらいしてくださいよ。誰が何の目的で使ってるんですか」

「じゃあ教えてやるよ。あの部屋は秘密の麻薬製造工場だ。チクりやがるとてめえもシャブ漬けにしてやるからな」

「商売敵の、鉛筆削り器工場じゃなければいいですけど」

口の減らない男め――。頬がひくひく痙攣した。

「とにかく、こっちはこれ以上妙なことに巻き込まれたくないので、問題を起こさないよう静かに使ってください。お願いします」

「わかったよ」

吐き捨てるように言い、電話を切った。机に足を載せ、たばこに火をつける。さて、どうするか。こっちも保証人なので放っておくわけにはいかない。一応、フルテツの耳に入れておくことにした。

「おう、悪かったな。まだカーペットが届いてなかったんだ。今日、敷いたから大丈夫だ」

簡潔な回答だった。何に使っているかは、聞くのをやめた。どうせ怒鳴りつけられるに決まっているからだ。

「ところで、おれたちのポルシェは快調だぞ」

おれたちの？　軽いめまいがした。冗談じゃない。一千万円もした車を。しかも大半はローンなのだ。これで本当に取られたら、自分は周囲の笑い物だ。

深くため息をついた。いっそ盗難届でも出してやろうか。いいや、そんなことをしたらフルテツに殺される。

健司は、天井に立ち上る紫煙を暗い気持ちで眺めていた。

その夜、健司は渋谷でパーティーを主催した。馬鹿面を下げた若い男女が集う、いつもの出会い系パーティーだ。上がりが少なかったので、腹立ち紛れにバーで飲んだくれ、自転車を漕《こ》いで帰宅する途中だった。ふだんなら青山通りを赤坂方面へ進むのだが、ふと気になり、紀ノ国屋の交差点を右に折れた。骨董通り沿いの例のマンションの様子を見たかったのだ。

パパスカフェを通り過ぎ、向かい側にあるマンションが視界に入ったとき、路上に黒のポルシェが停《と》まっているのを発見した。

遠くからでも自分のポルシェだとわかった。三十万円を投じたゴールドのＢＢＳホイールを履いていたからだ。

フルテツが部屋にいるようだ。腕時計を見ると、午前二時だった。

車のところまで行き、ボディに傷がついてないか確認した。街灯を浴びてきらきらと輝いている。子分にでも磨かせているのか、ちゃんとワックスが利いていた。小さく安堵《あんど》する。

乗って帰るか。そんな誘惑が首をもたげる。ポケットにはキーの束があり、その中にポルシェのスペアキーもあるのだ。あとは開き直る。これはおれの車だ、と。

酔いの回った頭で、一人かぶりを振った。賢明な選択とは言えない。渋谷川どころか重石《おもし》つきで東京湾に沈められる。

建物を見上げ、白い息を吐いた。四〇一号室だから、四階の端だろう。右端か、左端か。

右端を見ると、バルコニーに鉢植えの花が並んでいた。ならば左端だ。

電気は灯《とも》っていない。女でも囲っているのだろうか。いい気なものだ。腹の中で毒づく。

いや――。目を凝らした。窓枠の上部に、かすかな明かりが漏れている。遮光カーテンを吊るしているようだ。ずいぶん分厚いカーテンだなと、妙に思った。外光を遮るというより、中の明かりを外に漏らさないようにしている印象がした。

酔いも手伝い、健司はマンションの玄関をくぐった。エントランスには郵便受けが並んでいて、四〇一号室には当然のように名札がかかっていない。中をのぞくとチラシ類だけが入っていた。

ポケットからキーの束を取り出した。万が一のために手元に確保した、ここの部屋のキーだ。オートロックはノンタッチ式で、グリップ内部のチップをインターホンのセンサーに触れさせれば扉が開く仕組みになっている。

簡単に開いた。三基あるエレベーターはすべて停まっていた。建物全体が寝静まっている感じだ。

健司は階段を使うことにした。足音を立てないように、そっと上った。

四階に着く。廊下には明るい色のカーペットが敷かれ、天井の白熱灯が品よく照らしていた。つきあたりが四〇一号室だ。

息を殺して歩を進める。見つかったときの恐怖はあるが、好奇心がそれにまさった。やくざのフルテツが、こんな夜中に、誰と何をしているのか。

ドアの前に立ち、中の様子をうかがう。耳を近づけ、神経を集中した。

かすかに男の声がした。いや、男たちの声だ。複数いるのだ。

目を閉じ、さらに耳を澄ませた。十人はいそうだ。それ以上かもしれない。

ただ、和気藹々《わきあいあい》といった様子ではなかった。声の質が、どこか鋭利なのだ。

「ハンナイカ、ハンナイカ」

そんなふうに聞こえた。何かのおまじないか？　いいや、そうじゃない。すぐにわかった。「半ないか、半ないか」。中で、丁半賭博《ちょうはんとばく》をやっているのだ。

心臓が高鳴った。フルテツめ、こういうことだったのか。都心の一等地に賭場を開きたくて、人に高級マンションを借りさせたのだ。

場所が歓楽街ではない青山なら、警察のマークも緩いだろうし、なにより客筋がいい。アパレルやレストラン経営でひとやま当てた遊び人たちだ。大金が飛び交っているにちがいない。

会話はほとんど聞き取れなかった。ときおり、歓声とも怒号ともとれる声が漏れる程度だ。

サイを振っている男の声だけはわかった。「丁半揃いましたっ」。威勢がよくなくてはならないのだろう。

ふと、右手に鍵を握り締めているのに気づく。この部屋の鍵だ。

何かを考えようとしていた。ひらめくものは何もなかったが、奇妙な昂ぶりがあった。この部屋の中で大金が動いている。そして自分は、中に入る手段を持っている。

腰をかがめてその場を離れた。腋《わき》の下にびっしょりと汗をかいていた。

マンションを出た。自転車を引き、通りの反対側に移動した。

ひんやりとした空気の中、電柱の脇にたたずんでいた。たばこを取り出し、火をつけた。

自分が何をしたいのか、よくわからなかった。ただ、もう少し様子を知りたかった。すっかり酔いは覚めた。体が冷えるので、健司は両腕を何度もさすった。

三十分ほど立っていると、マンションの玄関から男が一人出てきた。賭場の客だと推察できた。この時間に、遠目にも上質とわかるスーツ姿なのだ。男は少し離れた場所に停めてあったベンツに乗り込み、去っていった。

しばらくすると、また一人出てきた。どうやら一度に出入りするのを避けているらしい。そうして一時間ほどの間に、十人以上の男たちが、マンションから吐き出されていった。

午前四時、最後にフルテツが一人で出てきた。反射的に電柱に身を隠す。フルテツは手ぶらだった。上着を肩に羽織っている。くわえたばこで、ポルシェに乗り込んだ。

まだ暗い都会の空に、野太いエグゾーストノイズが響き渡った。ポルシェは六本木方面へと走っていった。

ひとつ洟《はな》をすする。健司は自転車にまたがった。今日のところは、これで帰ることにした。

6

夜になると、メゾンド南青山の四〇一号室を監視するのが日課になっていた。路上に突っ立っていたのでは怪しまれるので、アキラのプレリュードを取り上げた。十二年落ちの、リトラクタブルライトが開いたままのナイスな中古車だ。運転席に深く身を沈め、中からそっと様子をうかがった。

賭場は週に二度、火曜と金曜に開かれているのがわかった。始まるのは午前零時を回ったころだ。フルテツとその手下たちが、まず酒や食料を運びこみ、三々五々、客が入っていく。いずれも一人客だ。たぶん札束が詰まっているであろうセカンドバッグを大事そうに抱えていた。

大半が常連客のようだった。何人かの顔は覚えた。いかにも強欲で、芸能人を妻に娶《めと》りそうな実業家風ばかりだ。年齢は三十代から五十代までと幅広い。丁半賭博というと古めかしいイメージがあるが、脂ぎったオヤジや老人は一人もいなかった。格好をつけるフルテツのことだ、客も選んだのだろう。

午前三時を過ぎたあたりから、ちらほらと客が帰っていく。頭から湯気を出しているような男もいれば、えびす顔の男もいる。賭場の仕組みについて、健司はまるで無知だった。胴元が損をしないことはわかるが、果たしてどれくらいの上がりがあるのだろう。客にも勝たせないと、賭場は成り立たない。おそらく、三人の客に勝たせて七人の客に負けてもらう——、そういった割合で続いていくものと想像できた。

もっとも、重要なのは動く金の規模だ。大金が動く賭場には、用意されている金も大きいはずだ。

フルテツはいつも最後に帰っていく。たいていは手ぶらだった。ということは、中に金庫があって、札束が積んであることを意味する。無用心のような気もするが、人《ひと》気《け》のない時間帯に持ち運ぶことの方が危険だと判断したのだろう。あるいは、案外無《む》頓着《とんちやく》なのかもしれない。やくざは、抗争以外で自分が被害者になるなどとは考えてもいない。詐欺師が、自分が詐欺に遭うなどと思わないのと同じだ。それに、銀行にでも預けない限り、どこに置いておいても変わりはない。ガサ入れや抗争のターゲットとなる事務所など、逆に保管場所として不適切だ。

とりあえず、一度中に入ってみることにした。

壁に穴が空いていれば、のぞいてみたくなるのが人情だ。

午前四時、フルテツがポルシェを駆って骨董通りを走り去っていった。健司は吸いかけのたばこを灰皿に押しつけると、辺りに人がいないのを確かめ、車から降りた。四〇一号室を見上げる。窓から明かりは漏れていなかった。

ブルゾンの襟を立て、通りを渡る。アスファルトを踏みしめ、マンションのエントランスへと向かった。自動ドアが開く。中に入った。呼吸を整えてから、恐る恐るインターホンを押した。

どきりとするほど大きな呼び出し音が、エントランスホールに響く。思わず周囲を見回した。一秒、二秒、三秒。応答はない。念には念を入れて、もう一度押した。

大丈夫だ。部屋に人はいない。健司はキーを取り出し、オートロックのドアを開けた。きょろきょろせず、住人のふりをして大股で歩いた。エレベーターに乗り、四階に向かう。ポケットから手袋を取り出し、両手にはめた。ここまでくると、不思議な落ち着きがあった。

四階に到着する。迷うことなく突き進んだ。四〇一号室のドアの前に立ち、耳をそばだてた。内部に人の気配はない。健司は中腰になってキーを差し込むと、ゆっくりと右に捻《ひね》った。コトンというロックの外れる音がした。同時に生唾を飲み込んだ。

ドア・レバーを押し下げて手前に引く。分厚いドアが滑るように開いた。中に入って玄関の電気スイッチをオンにする。芳香剤の品のいい香りが漂っていた。なかなかの商売っ気だ。

靴を脱いで上がる。思ったより中は広そうだ。廊下を奥まで進み、リビングルームに足を踏み入れた。電気をつける。「ひゅう」と小さく口笛を吹いた。二十畳はありそうだ。天井も高い。洒落《しゃれ》た間接照明が部屋全体をやわらかく照らしている。壁際には革張りのソファが置いてあり、その上部には絵画が飾られていた。

中央には何もなかった。賭場だから当然だろう。ここで札束が飛び交う光景を想像した。あるところにだけ金はある。百円、二百円を節約する専業主婦が見たら、顔を真っ赤にして怒り出すにちがいない。

キッチンをのぞいた。棚に高級な洋酒やワインが並んでいた。冷蔵庫を開ける。缶ビールばかりだった。少しだけ大胆な気持ちになり、一本失敬して飲んだ。空き缶を灰皿代わりにしてたばこを一本吸った。そうやって心の準備をしたところで、本格的な探し物に入った。

手はじめにリビングの収納扉を開く。木製の、厚さ五センチほどの台がいくつか立てかけてあった。これを並べれば賭場に早変わりするのだ。分厚い座布団も積んであった。木箱が目に留まる。ふたを取ると中にサイを入れて振る籐製《とうせい》の壺があった。

「こういうの、どこで売ってるのかね」健司が、場違いなひとりごとを言う。

それ以外はがらんとしていた。生活臭のするものは何もない。

ふとひらめき、壁の絵画の裏をのぞいてみた。隠し金庫があるのではと思ったのだ。

何もなかった。気になったので、キッチンの流しの下も調べたがなかった。考え過ぎか。

廊下を歩き、もうひとつの部屋に入った。八畳ほどの殺風景な洋間だった。家具類はなく、隅に段ボールの空き箱が積んである。

あるとしたらこの部屋だが……。心の中でつぶやき、収納扉を開けた。金庫が目に飛び込んだ。あまりの呆気《あっけ》なさに、しばし呆然《ぼうぜん》とした。

「いいのかね、こんなにわかりやすい場所で」健司は二度目のひとりごとを言った。やくざは、やはり無用心なのだ。

高さ八十センチほどのそれは、まだ真新しい金庫だった。表面が美しく輝いている。耐火用なのか、いかにも頑丈で重そうだ。扉部分にはダイヤルがひとつと鍵穴がある。オーソドックスなタイプだった。

さてと――。吐息を漏らした。金のありかはわかった。億は大袈裟《おおげさ》にしても、数百万の資金で賭場は開けないから、千万単位の金が入っていることだろう。問題は、自分がどうしたいか、だ。

健司は、キッチンからビールの空き缶を取ってきて、金庫の前に腰を下ろした。たばこに火をつけた。思案に耽《ふけ》る。

金庫は、開けられるだろう。昼間は留守だから、この部屋の住人のふりをして、鍵屋を呼べばいいのだ。鍵屋は中身を見ないと、何かで読んだことがある。職業上のマナーだ。

頭の中で想像した。開けるまではうまくいきそうな気がした。でもな……。盗むとしたら、金庫ごとがいいのかもしれない。ヘタに中身だけを抜き取れば、合鍵の存在を疑われる。いっそ、玄関ドアをバールでこじ開けるといった荒っぽい方法で、外国人窃盗団の犯罪と思わせるのだ。

たばこを缶の中に落とした。ジュッという火が消える音がした。目を閉じる。

しかし、そもそも自分にそんな度胸があるだろうか。相手はフルテツだ。周囲の人間全員を疑ってかかるにちがいない。もしもばれたときは……。背筋に悪寒《おかん》が走った。高飛び覚悟でなければ、できる業《わざ》ではない。

うしろに寝転がった。天井を見る。少しだけ、抜くか——。健司はそう思った。

鍵屋を呼び、開けてもらう。金庫は買ったばかりで、引っ越しのどさくさで鍵を紛失し、番号をメモした紙もなくした。そんな理由で充分だ。製品番号から鍵のタイプがわかれば、ついでに合鍵も作ってもらう。

いいアイデアかもしれない——。健司は体を起こした。開け方がわかれば、長期にわたって少しずつ抜くことができる。どうせ毎回金を数えたりはしない。金庫に入れるときは数えても、出すときは数えない。それが人間だ。そして開帳となれば、百万やそこらの不足はどさくさに紛れる。

急に体温が上がった気がした。空き缶を握りつぶした。

善は急げだ。早速、今日の朝イチで鍵屋を呼ぼう。フルテツがまだ寝ている時間だ。立ち上がり、「よしっ」と腹に力を込めた。フルテツに、ポルシェのレンタル代がいかに高いか思い知らせてやる。

いや、思い知らせたらだめなのか。気づかせないで、損をさせるのだ。

健司はほくそえんだ。やくざの上がりを抜く。なんて素晴らしい言葉の響きなのか。

鍵屋はマンションからいちばん近い業者をタウンページで探した。三時間ほどしか寝ていなかったが、疲労感はなかった。健司は無精髭《ぶしょうひげ》を撫で、四〇一号室で待った。

電話で身分証明書が必要だと言われたときは、やや焦ったが、免許証の提示くらいは仕方がないかと自分を納得させた。証拠を残すのは怖いが、そこまで手は回らないだろう。

マンション名と部屋番号を告げたとき、最初、鍵屋は怪訝そうな声を出した。

「ええと、メゾンド南青山の四〇一ですか？」

「そうなんです。引っ越したばかりで……」

健司は考えておいたシナリオを話した。「はあ、そういうことでしたら……」どこか気のない返事だった。なんだ、愛想のない業者め。ややむっとしたが、これで大金を拝めるのだからと気を取り直した。

午前十時になって鍵屋は現れた。五十がらみの善良そうな男だった。汗っかきなのか、首にかけた手拭《てぬぐい》でしきりに顔の汗をぬぐっている。

健司はにこやかに振舞った。怪しい人間だとは思われたくない。部屋に上がってもらい、八畳間へ案内した。そして、収納に入っている金庫を見せたときだった。

「ああ、やっぱりこれだ。お客さん、悪いけど、これ、開けられないわ」鍵屋がたちまち表情を曇らせ、手を左右に振った。

「どうして？　開けられない機種なの？」健司が聞く。

「ううん、そうじゃない。この金庫、先週、別のお客さんの依頼で開けてるんだよね」

なんのことかわからなかった。じっと鍵屋の顔を見る。

「同じ金庫を、別の人の依頼では開けられないの。うちらの業界の倫理規定みたいなものなの」

まだ事態がつかめない。耳に入ってくる言葉を懸命に咀嚼《そしやく》しようとした。

「たまにあるんだよね。相続争いとか、倒産整理とか、ひとつの金庫に二組の依頼主が出てくるケースが。おたくがそうだとは言わないけど、とにかくトラブルはごめんだから」

鍵屋はさっさと帰り支度をしていた。

「……あの、つまり、誰かの依頼で、先週この金庫を開けたってこと？」

健司がやっとのことで口を開く。

「そう」

「この部屋で？」

「そう」すでに玄関に向かっていた。

「それって、誰ですか？」追いかけて聞く。

「言えない。うちらも一応、守秘義務っていうのがあるから。信用第一なんだよね、この業界は」

「はあ……」

健司は背中を見送るしかなかった。扉が閉まる。異国で一人おいてきぼりをくらったような気分がした。

しばらくその場に立ち尽くしていた。

7

どこかで犬が遠吠えをしていた。夜風が吹いてきて、街路樹の葉をかさかさと鳴らしている。住宅街に人影はなかった。ときおり、家路を急ぐ会社員の姿があるだけだ。ダッシュボードのデジタル時計を見ると、午後十一時を回っていた。健司はプレリユードの運転席で、何本もたばこをふかした。カーステレオからは、ダイアナ・クラールのヴォーカルが静かに流れている。

てのひらで顔をこすった。瞼《まぶた》は重いが、神経がささくれだっているせいか、眠気にまでは至っていない。ただ疲労感は大きかった。背中は鉛でも張りついているかのようだ。

ハンドルに顎を載せ、通りを見張った。目を凝らし、前方を見つめていた。

靴音が聞こえた。静まり返った高輪の高級住宅街に響いている。街灯の下にさしかかったとき、靴音の主が見えた。待っていた男だ。間違いない。

健司はドアを開け、車から降りた。ゆっくりと歩を進める。

男が顔を上げた。健司を見るなり、弾《はじ》かれたように背筋を伸ばした。

「三田ァ」健司がとがった声を上げ、駆け出した。「てめえ、この野郎」捕まえて首を揺すった。

三田が目を丸くする。「な、なんですか。何の用ですか」あわてて健司の手を振りほどこうとした。

「不動産屋からもらった鍵は四本あったんだろう。ちゃっかり一本くすねやがって」

「何の話ですか」

「とぼけんじゃねえ。メゾンド南青山の四〇一号室の鍵だよ」三田の頭をポンと叩いた。

「やめてください。痛いじゃないですか。知りませんよ、そんなこと」体を丸めている。

「うるせえっ。こっちへ来いっ」

車へと引きずっていった。三田が抵抗するので、回し蹴りを腰にぶち当てた。なんとか助手席に押し込む。急いで自分は運転席に回った。

「鍵屋から聞いたぞ。身分証明書を見せりゃあ証拠が残るんだよ、このまぬけ野郎が」つばきを飛ばし、怒鳴りつける。「三田物産の三田総一郎ってえのは便利なもんだな」カマをかけ表情をうかがった。

「なんのことですか。ほんと、知りませんよ」三田が頬をひきつらせる。認めたも同然だと思った。

「いい度胸だ。やくざの賭場の上がりをくすねようってんだからな」

「言いがかりはやめてください。ぼく、帰りますから」

三田が助手席から逃げ出す。「おい、待て」手を伸ばしたが空を切った。

健司は車から降りると、目の前の建物に向かって声を張り上げた。

「三田物産高輪独身寮のみなさん。貴社の三田総一郎は泥棒です。あろうことか、國風会幹部、古谷哲永氏の賭場に合鍵を使って侵入し、金庫を開け――」

口を手でふさがれた。三田の顔が五センチのところにあった。

「やめてください。頼みますよ」目は真っ赤だった。

「じゃあ白状しろ」手の隙間《すきま》からかろうじて声を発した。

「すぐそこにファミレスがあるから、そこで話し合いましょう」

「よおし、わかった」

手を解《ほど》かれる。独身寮の窓が開き、何人かが顔をのぞかせた。

「なんでもないんです。ちょっと、友だちがふざけて……」三田が懸命に言い訳をする。

「この野郎」怒りが治まらないので、もう一度首を絞めて揺すった。

三田は歯を食いしばってもがいていた。


国道一号線沿いのデニーズで向かい合った。健司はコーヒーを、三田は夕食がまだだと和風ステーキセットをオーダーした。

「あ、それからツナサラダも。ドレッシングはサウザンドアイランドで」

少しも悪びれた様子がないので、健司はまたしても頭に血が昇った。

「おまえなあ、ほんとに三田物産の社員か。派遣とかだったらぶっ殺すぞ」低く唸り、にらみつける。

「社員ですよ。でなきゃ寮には入れないでしょう」コップの水に口をつけて言った。

「とにかく説明しろ。相手はフルテツだからな。死ぬ覚悟ぐらいはしろよ」

三田が洟をすすった。叱られた子供のように口をすぼめている。

「まずは鍵だ。どうして全部渡さなかった」

「……万が一のときのためですよ」

「どういう万が一だ」

「横山さんが家賃を踏み倒して夜逃げでもしたら、こっちは賃貸契約者だから、後始末をしなきゃなんないでしょう。それより」三田が身を乗り出した。「どうして嘘をつくんですか。自分が住むなんて」

「やかましい。事情があんだよ、事情が」

「管理人から苦情があったんで、気になって深夜に様子を見に行ったら、フルテツさんの賭場じゃないですか。びっくりしましたよ」

「だから何か？　忍び込んで金をパクったのか？　てめえそれでもサラリーマンか」

三田が黙った。しばらく間を置いたのち、「ちなみに横山さんは、フルテツさんの子分なんですか」と聞いてきた。

「ちがうよ。やくざと一緒にするんじゃねえ。だいいちおれは、ケジメをとられてんだぞ」

「でも、横山さんも、あの部屋の鍵を持ってるんですよね。金庫の所在を知っているってことは……」

今度は健司が黙った。不愉快なので鼻に皺《しわ》を寄せる。

「ぼくが渡した三本の鍵のうち、フルテツさんには二本しか渡さなかった。そして賭場と知って、忍び込んだんですね」

「うるせえ」

「どうやら我々は、同じ穴のムジナのようですね」

頬がひくひく痙攣した。殴ってやろうかと思った。

「ちなみに、鍵屋を呼んで金庫を開けたのは事実です」三田が開き直るように言った。

「けれど、三万円しか抜いてません」

「ふん。気の小せえ野郎だな。じゃあ、こっちも言ってやるよ。おれは百万は抜くつもりだったぞ」

「それは無理です。一発でばれます。だって百万ぐらいしか入ってなかったんですよ、あの金庫には」

「なんだって？」健司が顔をしかめた。信じられなかった。「嘘だろう？」

「いいえ、本当です。ぼくも拍子抜けしたんですよ。案外小さな賭《か》け金なんだなって」

「そんなわけあるか。三十万の家賃を払って、子供の遊びみたいな賭場を開くか。だいいちおれは客も見てんだ。一晩で三百、四百を平気で遣うような連中だぞ。数千万なければ受けられるもんか。おまけにフルテツは毎回手ぶらで帰ってんだ。あの部屋に保管してるはずだろう」

「でも、事実ですから……」

「じゃあ、フルテツは、賭場のない日に金を運び出してるってことなんだろうな。おまえが忍び込んだのは——」

「いいえ」三田が言葉を遮った。「賭場のあった翌朝です。絶対に金があるはずの日です」

健司が言葉に詰まる。腕組みし、考えに耽った。

注文の品が運ばれてきた。三田はナイフとフォークを手にすると、ステーキを食べはじめた。健司はコーヒーをおかわりした。ベンチ型のソファに深くもたれ、天井を見た。

百万ぽっちの金を後生大事に金庫にしまうわけがない。フルテツなら、財布に入れて持ち歩く金額だ。

「……カモフラージュだな、あの金庫は」健司がぽつりと言った。

三田が食事の手を止める。「そうなんですか?」上目遣いで聞いた。

「フルテツは子分もオンナも信用してねえんだ。そういう男なんだ」

「じゃあ、あの部屋の別の場所ですね。大金が唸ってるのは」

三田が、まるでもう一度忍び込むような言い方をした。健司は、自分と同い年のエリート・サラリーマンの顔をまじまじと見つめた。

「ひとつ聞いていいか」

「なんですか」再び肉を頬張っている。

「三田物産の社員が、何を好きこのんで危ない橋を渡る。人も羨《うらや》むような給料を取ってんだろう」

「そうでもないですよ。まだ入社三年目だし」

「理由になるか。約束された将来を、どうして危険にさらす」

三田が黙った。口の中のものを、喉《のど》を鳴らして飲み込むと、「たぶん、もうすぐ辞めますから」と目を合わせないで言った。

「辞める？　せっかく入った一流商社をか」

「いいじゃないですか、そんなこと」

三田は、質問を遮るようにツナサラダにフォークを立て、むしゃむしゃと食べはじめた。

「……変わってんな、おまえ」

あれこれ詮索《せんさく》するのはやめた。他人の人生に首を突っ込む趣味もない。

「ところで、おまえ、あの部屋にもう一度忍び込む気だろう」

「横山さんは、どうするんですか」

「考え中だ」

「じゃあ、ぼくも考え中」

三田はとぼけた返事をして、ナプキンで口を拭《ふ》いた。華奢《きゃしゃ》な手をしていた。この男は、殴り合いの喧嘩などしたことがないだろう。

「おまえは、何がしたいんだ」健司が聞いた。

「横山さんは？」

「おれが聞いてるの」

「……さあ。自分でも、よくわからないけど」

三田が、気のない口調で言った。すべての皿を平らげ、腹をさすっている。

「仮に大金が隠されているとして、全部いただいたら、どうなるかな」健司が言う。

「どうなるんでしょう」

「考えろよ」

「とりあえず……しびれるでしょうね」

三田の返答に、健司が苦笑する。なるほど、確かにそうだ。ばれたらフルテツに殺されることを考えれば、かなりしびれるだろう。

「ばれなくて済む方法ってのはないのかね」

「あるものがなくなるわけだから、無理でしょう」

「おれたちがやったとばれなきゃいいわけだろう？」無意識におれたちと言っていた。

「外国人窃盗団と思わせるのはどうだ。窓を割るとか、わざと乱暴な手口で」

「マンションの四階というのは、玄関から侵入するしかないでしょう。となると、ピッキングの痕跡《こんせき》を残すのが有効かとは思いますが」

「おお、頭いいな」健司が身を乗り出す。目の前の男が頼もしく見えた。

「あるいは、周辺で似たような窃盗事件を起こして、そのうえで四〇一号室の金をいただくというのもあるけど」

「ああ？　馬鹿か。警察沙汰《ざた》にしてどうする。捕まったら刑務所行きか？　フルテツは警察に被害届を出さないから、この計画は意味があるんだぞ」

椅子にもたれかかる。三田は賢いのか、ネジが外れてるのか。

「とりあえず、部屋の捜索をして、金の有無だけでも確かめますか」三田が言った。

「あれば、の話だし」

「……ああ、そうだな」

「それでは、次の開帳日の翌早朝ということで。ほかの日は、横山さんが言うように、金を持ち出している可能性もありますから」

「おまえが決めんなよ」

「じゃあ、横山さんが決めてください」

「……それでいいけどよォ」

三田がウエイターを呼んで、チョコレートケーキを注文した。急に健司も食べたくなり、「ふたつ」と告げた。運ばれてきたケーキを男二人で黙々と食べる。

「ところで、ポルシェは返ってきたんですか」と三田。

「うるせえ。今夜の新型プレリュードを見なかったのか」健司が目を吊り上げた。

そろそろ永久貸与の臭いが漂っていた。愛車のことを思うと、気が気ではない。

「とにかく、まずは金のありかだ。金曜の深夜、うちの事務所に来い」

「わかりました」三田が口をすぼめて言う。その口調に、臆《おく》する様子はまるでなかった。

よくわからん男だな――。健司が眉を寄せる。もっとも、仲間ができたのは心強かった。

そして少しだけ、愉快でもあった。

8

三田はグレーのマウンテンパーカを着て現れた。子供のころ、お洒落好きなおじさんが着ていたのを見たことがある。アウトドア・ファッションというやつだ。

「おまえ、いつも服はどこで買うんだ」

ポール・スミスのブルゾンに袖《そで》を通しながら、健司が聞いた。

「デパートとか、ですけど」

「巣鴨のか」

「巣鴨にデパートって、ありましたっけ」

健司が鼻から息を漏らす。「まあいい。今度ボーナスが出たら、おれが買い物に付き合ってやる」

「何の話ですか」

「おまえのねえちゃん、ハマトラだろう」

「姉なんかいませんよ」

「いいから行くぞ」

三田の背中を押し、二人で外に出る。妙に愛着がわいたプレリュードに乗り込んだ。車の持ち主、アキラはいい加減ふて腐れている。「今度、社用にBMWを買って自由に使わせてやる」と言ってなだめておいた。あながち口からでまかせでもない。実現しそうな気がするのだ。

深夜の青山通りを走らせる。秋も深まり、街全体が色合いを変えつつあった。街灯に照らされる絵画館前の銀杏《いちょう》並木は、黄金のトンネルだ。

骨董通りに到着すると、いつもの場所に車を停めた。マンションの前には健司のポルシェが横づけされている。

ここのところフルテツは、自分のベンツではなくポルシェばかりに乗っていた。ますます不安が募る。気に入ったとでも言われたら、どうすればいいのか。

ポルシェ以外にも、高級車が通りのあちこちに停めてあった。客の乗ってきた車だ。賭場は繁盛しているようだ。ゲーム性の低い丁半賭博は、金が動くことだけが目的だ。ジャンケンで金をやりとりすることさえ厭《いと》わない、重度のギャンブル狂が集まっているのだ。

絶対に大金が隠されている。健司は確信した。百万ぽっちのわけがない。

「横山さんは、会社勤めをしたこと、あるんですか？」助手席の三田が、なぜかそんなことを聞いた。

「ねえよ。大学は除籍。高校だって一度は退学になってんだ。勤まるわけがねえだろう」

「いいですね。自由で」

「気安く言うな。仕事がうまく回ってるときはいいけど、そうじゃねえときは、毎度金の心配だ」

「それでも、いいですよ」

三田がどこか乾いた口調で言う。そういえば、三田が会社を辞めると言っていたことを思い出す。

「会社、辞めて、何かしたいことでもあるのかよ」健司が聞いた。

「キリバス共和国へ、移住したいんですけどね」

「キリバス？　どこだ、そりゃあ」

「日付変更線をまたぐ南の島ですよ。世紀が変わるとき、そこの大統領が、『うちが二十一世紀に一番乗りだ』と主張して、式典会場のグリニッジとやり合ってましたけど」

「ふうん」生返事をする。適当な感想が見つからなかった。

「リゾート開発もされてない、最後の楽園なんですよ」

「おれはごめんだね。ネオンとジャズのない国は。日本だって、東京以外には住みたくもねえや」

「横山さんは、退屈すると思いますけど」

三田が遠い目で言う。自分の周りにはいなかったタイプの人間だな。ふとそんなことを思う。

「あのよォ」頭を掻きながら、健司が言った。「おれたち、同い年だし、その……なんだ。そんなに馬鹿っ丁寧な言葉遣い、しなくてもいいぞ」

「そうですか」

「おう。もっと、くだけていいよ」

「じゃあ、ヨコケンさあ――」

「おいっ」思わず三田の腕をはたいていた。「さん付けは勘弁してやるって言ってるだけだ。横山君だ。そう呼べ。このミタゾウめ」

「ぼくは、ソウちゃんでいいですよ」

「ソウちゃん？　ふざけるな。誰が呼ぶか」

つばきを飛ばし、怒鳴りつけた。まったく性格のつかめない男だ。会社ではちゃんと仕事をしているのか？　なんだか疲労感を覚えた。これから危険な橋を渡ろうかというときに。

健司はシートをリクライニングさせると、ダッシュボードに足を載せ、横になった。

「ちゃんと見張っておけよ」三田にそう言って、目を閉じた。

午前四時になって、いつものようにフルテツがマンションから出てきた。今日も手ぶらだ。ポルシェが走り出すのを待って、二人で車から降りた。周囲の様子をうかがう。人通りはまるでなかった。

三田がすたすたと歩いていく。まるで自宅へ帰るような自然な足取りだった。鍵屋を呼んだときも、さぞや堂々と振舞ったことだろう。

エントランスホールに入る。健司が鍵を取り出し、オートロックの扉を開けた。

そのとき、うしろから女が現れた。住人か？　目を合わせないようにする。小さなリュックを背負った黒ずくめの若い女が、開いた扉をくぐっていく。そのまま階段を上がっていった。

「いいですね、こんなところに住めて」と三田。

「パパでもいるんじゃねえのか」そんな会話を交わし、建物に足を踏み入れた。

エレベーターで四階に上がる。四〇一号室の鍵も健司が開けた。電気をつけ、部屋に上がる。軍手をはめ、捜索を開始した。

「まずはすべての収納をもう一度見ましょう。次はバスルームとトイレ。それでもなかったら天井裏。いいですか、横山君」

三田の言葉に、おれがボスだぞ、と言いたくなる。「ああ、わかったよ」健司は仏頂面で返事をした。

ただ三田は、指示は的確だが行動はスローだった。てきぱきという感じと程遠いのだ。きっと運動神経が鈍いのだろう。

もともと家具類の少ない部屋なので、探す場所はあっという間に尽きた。トイレの水槽をのぞいても、ソファの裏側を見ても、金らしきものはなかった。

天井裏の捜索に移る。どのマンションでもそうであるように、収納内部の天井に蓋《ふた》があった。ずらすと上がることができる仕組みだ。「ネズミさん、いないでね」健司はひとりごとを言い、首から上を出した。用意した懐中電灯を照らす。

「どうですか」と三田の声。同時に鈍い音がした。収納の上の段に昇ろうとして、脛《すね》を打ったのだ。「痛《い》ててて」うずくまっている。鈍臭いやつだ。

「おい、何もないぞ」健司が言った。

「どれどれ」やっとのことで昇った三田が、同じように首を突っ込んだ。狭いスペースに男二人が顔を寄せ合っている。

隅々まで照らしたが、バッグも箱もなかった。配管が入り組んでいるだけだ。

健司の中で、落胆の気持ちが湧《わ》いてきた。そううまくはいかないか――。自分の知らないところで、フルテツは金を移しているのかもしれない。銀行へ預けたとしても、通帳が見つからなければ、警察に検挙されても証拠にはならない。

「あれは何ですか」三田が大きな物体を指して聞いた。

「エアコンの本体だろう。高級マンションは天井据付なんだよ」

「じゃあ、あれは？」

「柱だろう」

「やけに太い柱ですね」

「高級マンションだからな」

三田がしばし考え込む。「ところで、上の部屋は、同じ間取りですかね」ぽつりと言った。

「普通に考えれば、そうだろう」

「だったら柱じゃありません。この部屋でいえば、キッチンの下です」

二人で顔を見合わせた。あやうく接吻しそうになった。

「馬鹿野郎、早く首を引っ込めろ」健司が声を荒らげる。そうだ、柱のわけがない。転げるように収納を出た。キッチンへと走った。

流しの前にはラグが敷いてあった。市松模様の洒落たラグだ。健司が剝《は》いだ。フローリングの床に金枠が見えた。このマンションには、床下収納があるのだ。

しゃがみ込み、フックに手をやった。息を吞んだ。ロックを外し、ゆっくりと蓋を持ち上げる。

「イエーッ」健司が低く声を発した。深さ五十センチほどのスペースに、黒い革製のバッグが現れた。

三田が隣で腰を下ろす。顔を上気させていた。「早く中を見ましょうよ」

「焦るなって」

健司はバッグを引き上げると、一度深呼吸し、ファスナーを開いた。

「イエーッ」もう一度、吐息混じりの声を発する。輪ゴムで無造作に束ねた一万円の札束が、バッグの中に唸っていたのだ。

三田が手を伸ばす。健司もそうした。二人で現金の感触を確かめた。

顔が火照《ほて》っていた。体温が三度は上がった気がした。

「ほら見ろ、おれの言ったとおりだろう。五千万はあるんじゃねえのか」と健司。金を持つ手が震えた。

「いや、もっとあるでしょう。これで一千万だから……」三田がいつの間にか、札束を十個床に積み上げていた。「全部で七千万ってところですね」

そして三田は、マウンテンパーカのポケットから布製のランドリーバッグを取り出した。

健司が訝《いぶか》る。この男、何をする気だ？　うまく反応できないでいた。

三田が札束をランドリーバッグに詰め込みはじめた。

「おい、何をしてる」

「何をしてるって、決まってるでしょう。いただくんですよ」三田が頬をひきつらせて言った。

「待てよ。今日は金のありかを確かめるだけだろう。どうするかは、これから——」

「大丈夫ですよ。証拠さえ残さなきゃ、ばれやしませんよ」

「ちょっと待て」健司があわてて手で遮ろうとする。それでも三田はやめない。「急ぐ理由なんかどこにもないだろう。ちゃんと策を練って、ばれない方法を考えて……。わかった。今日のところは百万ずつ抜こう。それでどうだ。これだけ無造作に詰め込んであるんだ。管理は甘いし、だったら長期間にわたって少しずつ抜いた方が……」

「いやですよ。横山君って、案外度胸がないんですね」

「なんだと、この野郎」

「ぼくはいただきますよ。怖いなら、横山君だけ勝手に降りてください」

三田の顔には、どこか狂気めいた色合いがあった。なんなのだ、この男は。頭がうまく回らなかった。自分は、どうすればいいのか。

そのとき、影が降りかかった。驚いて見上げる。人がいた。若い女だ。尻餅《しりもち》をつく。凍りついた。頭の中が真っ白になった。何が起きたのか。誰なのか。どこから現れたのか。ああ、そうだ。エントランスで先に入っていった女がいた。黒ずくめの服装。小さなリュック。でも、どうして——。

「君たちさあ、おイタしちゃだめじゃない」

女が言った。落ち着いたアルトヴォイスだった。黒いまっすぐな髪、大きな瞳《ひとみ》、赤い口紅、甘い香水の匂い、長い手足——。五感に触れた情報が、断片的に脳に飛び込んでくる。

女の左手にガスマスクが握られていた。それを顔に当てる。背の高いカマキリに見えた。

「悪いけど、これは没収ね」

次の瞬間、強烈な刺激が目と鼻を襲った。腰が砕けた。健司は顔を押さえ、床をのたうちまわった。催涙ガスだ。三田も倒れている。

涙腺《るいせん》が破裂したかのように、目から涙があふれ出た。喉が焼けつき、激しく咳《せ》き込んだ。

女が、三田のランドリーバッグに金を詰め込んでいる。その輪郭だけはわかった。女が近寄ってきた。健司のブルゾンのポケットをまさぐる。マンションの鍵を抜き取られた。

「これも没収」目の前で、鈴を鳴らすように振っている。

バッグを肩に担いだ。踵をかえし、髪をふわりと浮かせ、大股で去っていった。ドアの閉まる音がする。

嘘だろう？　これは現実か？

混乱と苦しみの中で、自分が最悪の事態に置かれたことだけは理解できた。

金を奪われた。疑われる材料だけが残った――。

叫びたくなった。涙は、永遠に止まらないかのように思えた。

9

土日はベッドから出る気になれなかった。会社へ出る用事もあったが、アキラに代わりを頼み、布団を被《かぶ》っていた。

愛子が来たので乱暴に体を求めた。

「なによ、やさしくしてよ」口をとがらせていたが、かまわず何度ものしかかった。気力はまったくないのに、性欲だけは独立しているのがおかしかった。

「ねえ、何かあったの」

「なんでもねえよ」天井に向かってたばこの煙を吐き出す。

「嘘ばっかり。目なんか真っ赤じゃない」

愛子の指が、健司の顔を愛撫《あいぶ》した。

あのとき、涙が止まるのに一時間もかかった。やっとのことで体を起こしたときは、外がすでに明るかった。

三田が、自分の靴下を雑巾《ぞうきん》代わりにして、床を拭きはじめた。

「催涙ガスの臭いを消さないとまずいでしょう。放っておくと、一週間は消えませんよ」

その通りなので健司も倣《なら》った。黙々と拭き掃除をした。床下収納の蓋を閉め、ラグを元に戻す。部屋の中を見回し、髪の毛一本残さないように点検した。

落ち着いて行動できたのは、現状をうまく把握できなかったからだろう。つい今しがた起きたことなのに、現実感が希薄だった。予期せぬ事態に遭遇すると、喜怒哀楽の回路も、一時停止するのかもしれない。そういえば子供のころ、両親が離婚したときもそうだった。母が家を出て一月も経ってから、「お母さんに会いたい」と毎晩泣いたものだ。

「あの女、エントランスで見かけた女だよな」健司が聞いた。

「そうですね」三田が淡々と答える。

「この部屋には、玄関から入ってきたんだよな」

「ほかに入りようがないでしょう」

「鍵、かけてなかったんだ」

「泥棒が、侵入した家で施錠はしないでしょう」

「そりゃあそうだ」

汚れた靴下はポケットにしまった。フローリングの床部分が素足に冷たかった。

「おれたち、見張られてたわけだよな」

「そういうことになりますね」

「でもって、横取りされたんだよな」

「そうですね」

「あの女、何者？」

「知りませんよ」

「心当たりは？」

「全然」

「これって、最悪だよな」

「超最悪ですね」

それ以上、会話は交わさなかった。この場で何を議論しても、無駄だとわかっていたからだ。

マンション前で三田と別れた。六本木方面から、痛いばかりの朝日が射していた。

自宅に戻ると、ベッドに倒れこんだ。徹夜明けで眠いはずなのに、浅い睡眠を繰り返すことしかできなかった。

いやな夢をたくさん見た。あの女とフルテツが交互に出てきた。追われ、逃げ、何度か死にかけた。疲れは取れず、それどころか、眠るごとに蓄積される気がした。時間が経つにつれ、事態の深刻さが理解できるようになり、気が滅入《めい》った。

健司が直面する問題は、ひとつきりだった。

フルテツの疑いの目が自分に向かったとき、どこまでとぼけられるか、だ。看過されることはまずないように思えた。蛇のようにしつこいフルテツのことだ。子分から、兄弟分から、客から、果ては自分の女に至るまで、周囲のすべてを疑ってかかるだろう。健司がどのランクに位置するかはわからない。しかし、あの部屋を借りるのに関わった自分が、重要参考人であることは容易に想像できる。

そして、もしも合鍵の存在が知れたら、健司が容疑者の筆頭に昇格するのは間違いない。「知らない」では絶対に済まない事態にさらされるのだ。

いったい、どんな問い詰められ方をするのか。やくざは手加減がない。

手足を縛られ、腰に重石をつけられ、船で東京湾に出る。甲板でフルテツが凄む。「白状したら命だけは勘弁してやる。シラを切りとおすなら、ドボンだ」――。フルテツならやりかねない。こんな場面で、自分は首を横に振り続けられるだろうか。また、仮に真実を話したとしても、信じてくれる可能性はかなり低い。「ナメんじゃねえぞ、このガキが」――。怒鳴り声が聞こえてきそうだった。

先手を打って、逃げるか。そんなことまで考え、かぶりを振る。

行方をくらませば、自分がやりましたと言っているようなものだ。フルテツは地の果てまで追いかけ、哀れな逃亡者を捕まえ、殺すだろう。

今度の賭場の日になれば、すべてが露呈する。想像するだけで身震いした。策などひとつもないように思えた。


部屋の電話が鳴った。

「ねえ」と隣で愛子がつつく。

「出たくない」と健司が寝返りを打つ。

「わかった。女か借金取り」

「ちがうよ」とがった声を発した。

「じゃあ出なさいよ」

深くため息をつき、サイドテーブルの子機を手に取った。くだらない用件なら、誰であろうと怒鳴りつけてやる。

出ると、三田だった。事務所にかけて、アキラから自宅の番号を聞き出したらしい。

「いろいろと考えたんですが、ちょっとやばい事態ですよね」抑揚のない口調で言う。

「ちょっとどころじゃねえだろう」健司は声を荒らげた。

「ぼくも賃貸契約人で名前が残ってますからね、調べられたらアウトですよ」

「じゃあ聞くがな。あの夜、どうしててめえは全額抜こうとしたんだ」

「あれだけの金なら、逃げても割が合うと判断したんですよ」

「なあにが判断だ。金に目がくらんだくせしやがって」

「それより、あの部屋、これから荒らしに行きませんか？」

「どういうことだ」

「前に言ってたように、こうなったら、外国人窃盗団の仕業《しわざ》にでも見せかけるしかないでしょう」

返事に詰まった。この男は、落ち込んでないのか？

「ついでに、横山君。ポルシェを奪還してください。鍵は持ってるんでしょう？　フルテツを混乱させましょう。そこまでやれば、我々の仕業だなんて思いませんよ」

「ちょっと、待てよ」

「じゃあ、ほかに方法、あるんですか？」

「ないけどよ」

健司は言い澱《よど》んだ。確かに三田の提案は一理ある。けれど、積極策に打って出る気力がなかった。自分は当分ベッドで丸くなっていたいのだ。

「とにかく、部屋を荒らすのは待て。窃盗団なら金庫に一直線だろうから、却って不自然かもしれねえぞ」

「だったら、金庫もさらいましょう」

「手提げじゃねえんだ。簡単に言うな」

乱暴な口調で言い、電話を切った。枕《まくら》に顔を埋める。目を閉じた。

三田という男、一流企業のサラリーマンとは到底思えない。道を踏み外すことが怖くないのか？

「誰だったのよ」と愛子。

説明が面倒なので、のしかかった。「またあ？」という言葉を口で塞《ふさ》ぎ、舌を押し込んだ。

時間が止まってくれればいいと健司は思った。週が明ければ、解けない難問が待っている。たぶん、これまでの人生でいちばんのピンチだ。

温もりを求め、体を密着した。人の体温だけが今の自分の慰めだった。


火曜の深夜、健司はプレリュードで骨董通りに乗りつけた。自宅には怖くていられなかった。電話の呼び出し音ひとつに、縮み上がってしまいそうだった。

今夜、フルテツは金がなくなっていることに気づく。果たしてどんな騒ぎ方をするものやら、その様子を見届けたかった。知らない方が怖いのだ。

卒倒して心不全で死んでくれないかな、と、そんな子供じみた空想もした。神の仕業とあきらめ、心を改めてかたぎに戻る決意をする……とか。

現実逃避ならいくらでもできた。学校いやさに、校舎が燃えてなくなることを願う小学生と一緒だった。

助手席の窓がノックされる。はっとして見ると、三田だった。「やっぱり来てましたね」そう言って勝手に乗り込んでくる。

「てめえ、脅かすんじゃねえよ」

「ぼくも気になったんですよ。寮にいても落ち着かないし」缶コーヒーを二本持っていて、一本を健司に手渡した。「いざとなったらキリバス共和国へ亡命しましょう。年収五十万で暮らせますから」

「何言ってやがんだ、この野郎」

しかめっ面で吐き捨てたものの、三田の呑気さは救いでもあった。一人なら、心細くて泣いてしまいそうだ。

そのとき、ポルシェのエンジン音が聞こえた。健司のプレリュードの脇を通り、マンション前に停車する。フルテツが車から降り、建物の中へと消えていった。

「いよいよですね」三田の言葉に、健司は生唾を飲み込んだ。

あと数分で、フルテツはパニックになる。いったいどうなることやら。青い顔でマンションから飛び出るのだろうか。それとも部屋の中で暴れるのだろうか——。

ところが、そうはならなかった。

三十分のうちに客が次々と現れ、入っていく。外から見る限りにおいて、特に変化はないのだ。

「おい、どうなってるんだ？」健司が聞いた。

「さあ、客を疑って、一人一人拷問にでもかけてるんですかね」

「馬鹿言え。そこまで短絡的にやるか」

「ちょっと様子をうかがってきましょう」

三田がドアを開ける。健司は驚いた。

「おい、やめろ。見つかったら最後だぞ」

「やばそうだったらすぐに逃げてきます。そのままキリバスです」

正気か？　健司は言葉がない。呆気に取られているうちに、三田は小走りにマンションへと駆けていった。

プレリュードのエンジンをかけた。ギアをローに入れ、サイドブレーキを外した。いつでもダッシュできる態勢をとった。

脈が速くなった。喉はからからだ。まったくどうしてこういう事態になったのか――。調子よく生きていた先月までが懐かしかった。

三田は五分ほどどしてマンションから出てきた。普通に歩いている。

「変ですねえ」助手席に腰を下ろすと、むずかしい顔で首をひねった。「賭場、開いてますよ」

「ああ？」耳を疑った。「どういうことだ」

「いつものように、丁半賭博をやってるってことですよ。ドア越しに耳を澄ませたんですが、例の調子でやってましたよ」

健司が眉を寄せる。狐につままれたような気がした。

「どうしてできるんだよ。床下の金がないんだぞ。どうして騒がないでできるんだよ」

「戻ってくるとき、考えたんですけどね……」三田が顎を撫でて言った。「お金、なくなってなかったんじゃないですか」

健司はいっそう顔を歪めた。「どういうことよ。説明しろよ」

「あの女が、金を戻したってことですよ」

五秒、息をするのをやめた。あるいは十秒だったかもしれない。脳裏にひとつの光景が浮かんだ。女は、健司のポケットから鍵を抜き取ると、目の前で振っていた。

「あの女、金を横取りするのが目的じゃなくて、我々が盗むのを阻止したかったんじゃないですか」

「何のために」

「知りませんよ」

「じゃあフルテツの側の人間なのか」

「それはちがうでしょう。フルテツは一切気づいてないみたいだし」

「何者なんだ」早口になっていた。

「だから知りませんよ」

「何者なんだ」その言葉しか出てこない。

まっすぐな黒い髪、大きな瞳、赤い口紅、長い手足。次々とシーンが浮かんでは消えた。

「ほんと、何者なんだ……」

全身の力が抜け、健司はシートに体を沈めた。またしても現実感が薄れていく。

「一瞬しか見てませんけど、美人でしたね。お人形さんみたいで」

三田の声が遠くに聞こえた。

第二章

1

椅子《いす》の背もたれを軋《きし》ませ、大きな欠伸《あくび》をしたら派遣社員の女子と目が合った。大学を出たばかりの、グラマーな娘だ。笑ってくれるかと思いきや、仏頂面で視線をそらされた。そのままパソコンのモニター画面に見入っている。三田総一郎は、口を閉じると背中を丸め、無言で目をこすった。

この女は一度フレンチ・レストランに誘ったことがある。食前酒とワインで、二度にわたってグラスを倒したら、その後見向きもされなくなった。スカートにできたシミは、クリーニングでも取れなかったらしい。

まあいい。社内恋愛はとっくに諦《あきら》めている。「倒しの三田」の呼称は、新人OLにまで知れ渡っているのだ。おまけに課長命令で、総一郎だけ自分の机でコーヒーを飲めなくなった。仕事中にマグカップを倒したこと数え切れず。パソコンのキーボードは三回だめにしている。

「おい、三田ァ」

同じ課の、二期先輩の今岡が近寄ってきた。うれしそうに語尾を伸ばすのは、もちろん馬鹿にしているからだ。

「今度スッチーと合コンやるんだけどさあ、またおまえの名前でレストラン、予約してくれよ。『三田物産の三田です』っていう例の調子で。効くんだよなあ、おまえの名前。窓際のいちばんいいテーブルに案内されるんだからな」

なれなれしく肩を揉《も》まれた。「いいですけど……」総一郎は、気分を害しながらも渋々承諾する。

「ついでに、富士フーズからのクレーム、『三田物産の三田です』でなんとかしてくれねえか」直属の上司である課長が、書類に目を落としたままつっけんどんに言った。「すっかりこじれちまってよ、先方さんは頭から湯気出してんだ。三田一族の人間が乗りだしたと勘違いしてくれりゃあ、事態も好転するんだけどな」

「でも、ぼくは担当じゃないし……」

「冗談に決まってるだろう。おまえが出てったら、まとまる話もまとまらねえよ」

「はあ」

総一郎は曖昧《あいまい》に返事をして、パソコンに向かった。夏頃から担当のクライアントを大幅に減らされ、補佐的なデスクワークが主になった。暖房の効いたオフィスに終日いるせいで、一日に何度も睡魔が襲ってくる。

「三田君。例のスズキ食品の見積書、計算は完璧《かんぺき》だけど、納入品目がちがってるわよ」

外出先から戻ってきた総合職の女史に、冷たい目で言われた。

「えっ、そうでしたか」

「チェックしなかったわたしが馬鹿だけど、まさか小麦と米を間違えるとは思わないでしょ」

「すいません」総一郎がしおらしく頭を下げる。

「わたし恥ずかしくって、先方には『三田は育ちがよくて、生の麦や米を見たことがないんです』って言っちゃった。嘘《うそ》じゃないものね。あなた、町工場でも社長の息子だし」女史は窓際の喫煙コーナーに進み、たばこに火をつけた。「その方が言い訳になると思ったの。だって正規の入社試験を通った社員がこれじゃあ、三田物産はどういう会社かってことになるでしょう？　さいわいなことに、先方は三田君のこと、三田一族の御曹司《おんぞうし》だと思ってるみたいだから……。得よね、『三田物産の三田です』って」

空気清浄機に向かって煙を吐き出す。聞いていた今岡が口の端で笑った。課長は、完全に無視だった。

三田物産の食品部営業四課は、総一郎にとって居心地のよい職場ではない。もっとも、どの部署へ行っても同じだろう。最近では別のフロアでも、「食品部の災難」と陰口をたたかれている。もう一年以上、同僚と酒を飲んだことはない。今年の忘年会は、声をかけられるのだろうか。

総一郎は大学を卒業し、三田物産に入社して三年目になる。ゼミの教授の推薦はもらえなかったが、優の数がものをいい、超難関企業に採用された。子供の頃から試験の成績だけはよかった。集中力が図抜けているのだ。

とりわけ暗記は得意中の得意で、歴代天皇や東海道五十三次などはたちどころに憶えることができた。円周率は百桁《けた》までいけた。近所で話題になり、テレビの取材も受けた。専門家からは百万人に一人の集中力と言われた。

しかし、集中力は超人的でも視野が狭かった。比喩《ひゆ》ではなく、何かに集中していると、周りがまったく見えなくなるのだ。

テレビゲームに熱中していて、隣家の火事に気づかなかったことがある。消防車のサイレンも耳に入ってこなかった。試験勉強をしていて、試験に遅刻したことがある。夜が明けたことも知らず、机に向かっていたのだ。

自転車に乗ると必ず事故を起こした。車にはねられること三回。前しか見ないのだから、当然の結果と言えた。

中学生のとき、心配した母親に付き添われ、病院で診てもらった。神経科の医者に、多動症の逆で過集中症だと診断を下された。そういう病名が実際にあるのかどうかは知らない。どうやら自分は、何事にも集中し過ぎるため、一度に二つ以上のことができない人間らしいのだ。

またしても「百万人に一人」だと言われた。「でも、多動症同様、こういうのは成長期特有の症状ですから、成人すれば治りますよ」医者はそう慰めてくれた。

確かに昔ほどひどくはないが、それでも一般人とは大きくかけ離れている。カフェで可愛い女の子に見とれると、必ずコーヒーカップを落とすのだ。

職場ではたちまちメッキが剝《は》がれ、若くして部署のお荷物となった。元々プライドは高くないので、落ち込むことはなかったが、毎日は笑いのない日々だった。

決定的だったのは、部署ぐるみの因習だったカラ出張を白日の下にさらしてしまったことだ。出張しているはずの部長の決裁を同じ日付で受け、他部署に回した。総務から指摘され、あわてて局長決裁だったことに文書を偽造したら、今度は局長が銀座のホステスと京都旅行していた日と重なった。その結果、食品部全員が過去三年にわたって経費を調べられ、カラ出張分はすべて返還させられたのだ。

噂《うわさ》によると課長は「管理不行届き」で土下座させられたらしい。会社にではなく、局長と部長に対して。

三田物産では、新入社員は本社で三年間勤務したのち、国内外の支社へ配属されることになっている。幹部候補は欧米の主要先進国へ。スカ社員は国内の地方だ。「おまえは北国が向いているような気がする」と先日、課長に言われた。「暖かいところだと余計にネジが緩んじまうだろう、あはは」実に愉快そうだった。

たぶん来年の春には現実になるのだろう。総一郎はその前に辞めるつもりでいる。自分に自信が持てるのでは、と入った一流商社だが、結果はその逆だった。エリートたちは、自分より劣った人間を探すのが大好きだ。

「三田さん、電話」派遣の女子に顎《あご》でしゃくられた。いかにも見下した態度だ。

「誰？」総一郎が聞く。

「國風会の古谷さんって人。なんか怖そうな声だけど」

古谷哲永、フルテツ――？　恥骨から首筋に向けて悪寒《おかん》が走った。何かばれたのだろうか。少なくともいい知らせのわけはない。

「ねえ、いないって言ってくれない」

「遅い。いるって答えちゃったもん」いい気味といった感じでほくそえんでいる。

総一郎は急いで隅のミーティングテーブルへ走り、受話器を取った。「お電話、代わりました」恐る恐る声を発する。

「ばーか。びびってやがんの。おれだよ、おれ」声の主はヨコケンこと横山健司だった。「あははは。小便ちびりそうだったか」

無言で受話器を置いた。ヨコケンとはもう何のかかわりもない。友だちでもない。すぐさま電話の着信ランプが灯《とも》った。一秒だけ考え、仕方なく取り上げた。

「怒るなよ。ただの冗談だろう」

「ただの、じゃありません。きつ過ぎる冗談です」

「悪かったって。今度、女でも紹介してやるから。ミタゾウは巨乳好きだったよな」

ヨコケンは馴《な》れ馴れしかった。総一郎には君付けで呼ばせるくせに、自分からはミタゾウだ。

「用件は何ですか？　ぼくは仕事中なんですが」

「おーおー。三田物産の社員様はさぞかし忙しいんでしょうねえ。こっちはどうせ暇なパーティー屋だよ。おまけに足は臭いわ、婆《ばあ》ちゃんは中気だわ——」

「早く用件を言ってください」

「そうとんがるなよ」ヨコケンが明るい声で言う。「あのな、用っていうのはマンションの鍵《かぎ》だ。例のフルテツの部屋の鍵、ちょっと貸してくれ」

「どうしてですか」

「ほら、おれの鍵はこの前、正体不明のネエチャンに取られちゃったから」

「そうじゃなくて、何に使うのかってことを聞いてるんです」

「いいじゃねえか。おれの勝手だろう」

「よくありません。賃貸契約人はぼくです」

少し間があった。「あのな、現在、我が社はピンチでな、支払いがいっぱいあるわけよ。だから百万ほど抜いてくるの。今夜はちょうど賭場《とば》の日だしな。輪ゴムで留めただけの札束が、何十個も詰め込んであるわけだから、一個ぐらい失敬してもばれねえだろう。ちがうか？」

開き直ったような口ぶりだった。身勝手な言い分に腹が立つ。ただ、拒否する理由もなかった。

「じゃあ、ぼくも一個もらいます」総一郎はそう答えた。「リスクは互いに負っているわけですから」

「いいけど。おまえ、また全部いただくとか言い出すなよ」

「今回は百万で我慢しましょう。少しずつ抜くというのも悪くないし」

「えらそうに」ヨコケンが憎々しげに言う。電話の向こうでは顔をしかめているのだろう。

前回同様、深夜にヨコケンの事務所で待ち合わせることになった。

「よお、ミタゾウ。今度は何着て来るんだ？　サファリジャケットか？」からかうようにヨコケンが言う。どうやら自分の服装がおかしいらしい。総一郎は無視した。流行に敏感とは言わないが、清潔さは心がけているつもりだ。

電話を切り、頭の中に札束を思い浮かべた。百万か。銀座の鮨屋《すしや》でトロをたらふく食べて、オーディオセットを買い換えて……。甘い気持ちが込みあげた。不労所得だから、乱暴な遣い方だってできる。

「おい、三田」課長に名前を呼ばれた。「ひとつ聞いていいか」

「なんでしょう」

「おまえの書いた稟議書《りんぎしょ》、どうしてユーロ建てになってるんだ。仕入先は中国だろう」

「あ、すいません。昨日、フランス向けのものを書いていたので、混同しちゃって」

「しかもチーズの輸入量まで記載してあるぞ」

「すいません。たぶんそれは豆乳の間違いです」

課長が総一郎をにらみつける。「三田ァ。防寒対策、今から準備しておけよ。人事には流氷の見える素敵な支社を推薦しとくからな」

「課長、三田には国後島《くなしりとう》がいいですよ。毎年オホーツク海で獲れた新鮮な鮭《さけ》を送ってもらいましょう」横から今岡が言った。

「おお、そうだな。オホーツクの鮭は脂がのっておいしいって言うし」

課の全員が声をあげて笑う。総一郎は無言でうつむき、仕事に戻った。

自分が会社を辞めたら、ここの連中は大喜びするのだろう。

気づかれないようそっと吐息を漏らした。パソコンのキーをたたき、与えられた仕事をこなしていく。

自分はまだ二十五歳だ。人生の選択肢はいくらだってある。

オフィスの窓からは皇居の森が見えた。紅葉はすでに盛りを過ぎ、落葉樹は枝だけを四方に伸ばしている。

もうすぐ冬だ。今年は新しいコートでも買うか。総一郎は、抜いた百万で何を買うかに思いを巡らせた。

2

ヨコケンは、黒のタートルネックセーターに黒の革のパンツを穿《は》いていた。髪はジェルでてかっている。まるで夜遊びにでも出かけるようないでたちだった。

「ミタゾウ。そのスイングトップ、もしかしてバラクータか」総一郎の上着を指して言う。「中学ンとき、それを着て『メンズクラブ』の街アイに載ったクラスメートがいたなあ」遠い目をしていた。

「なんの話ですか」

「お前のねえちゃん、やっぱりハマトラだろう」

「だから姉なんかいないって言ってるでしょう」

「まあいい。行くぞ」

舎弟の車だというプレリュードに乗って青山通りを走った。ヨコケン自慢のポルシェはフルテツに取り上げられたままらしい。カーステレオからは知らないジャズが流れている。「音楽は何を聴いてんだ」と訊《たず》ねられ、「ビートルズ」と答えたら珍しい動物でも見るような目をされた。

「おまえおかしいよ、絶対」

「どうしてですか」

「だって何人かは死んでるんだろう」

「ジャズなんか死んだ人だらけじゃないですか」

「ジャズは芸術なの。ロックは流行歌だろう。若い者が今のロックを聴かないでどうするんだよ」

しばらく議論になった。「わかった。おまえ宇宙人だろう」とまで言われた。ヨコケンとはとことん趣味が合わないようだ。

すっかり通いなれた骨董通りに車を停《と》め、フルテツの賭場が閉まるのを待った。ヨコケンはたばこを立て続けにふかしている。手で煙を払ったら面倒くさそうにサンルーフを開けた。

「ああ、そうだ。念のために」ヨコケンがそう言って体を捻《ひね》る。リアシートの紙袋からガスマスクを二つ取り出した。「わざわざ買ってきたんだぞ」

あの晩のことが脳裏に甦《よみがえ》る。黒髪が印象的な背の高い女だった。あまりの唐突な出来事に、あれは幻覚だったのではないかと思うことがある。痛い目に遭ったのに、実感が湧《わ》いてこない。

「今日も、現れるんですかねえ」

「出てきたらとっ捕まえて丸裸にしてやる」ヨコケンが拳《こぶし》をてのひらに打ちつけた。

「人をコケにしやがって。あんなに肝を冷やしたのは生まれて初めてだぜ」

「それにしても何者だったんでしょうね」

「知るか。考えるだけで頭が混乱するじゃねえか」

女の正体は、総一郎にもまったくの謎《なぞ》だった。推理を試みようにも、糸口さえつかめない。ただ、不思議と口惜《くや》しさはなかった。もしあの晩、全額盗んでいたら、否応なく姿をくらまさなければならなかった。あのときはそれでもいいと思ったが、今思い返せば少々怖くもある。道を踏み外すことにどの程度の覚悟があるのか、自分でも判断がつかない。

午前三時を回ったあたりから、賭場の客が引き上げ始めた。路上に停めてあったベンツやBMWがエンジン音を響かせて去っていく。

そしていつものとおり、四時過ぎにフルテツが手ぶらで出てきた。黒いポルシェに乗り込み、六本木方面へと発進する。

ヨコケンが忌々しそうにため息をついた。「あの車、諦めたらどうですか？」そう言ったら、「殺すぞ」と青筋を立てて凄《すご》まれた。

二人で車を降りる。通りを歩いた。なぜかヨコケンの歩みが遅い。おまけに周囲をしきりに見回している。

「横山君。怪しまれるからもっと普通に」

「うるせえ。わかってるよ」深夜の街に声が響いた。

「しーっ」総一郎が人差し指を口の前で立て、にらみつけた。

「エラソーに指図するんじゃねえよ」

それでもヨコケンの声が低くなることはない。いきなり不機嫌になった感じがした。

マンションに足を踏み入れ、オートロックの扉を開ける。

「この前は、ここで横をすり抜けていったんですよね」総一郎が言った。

「もう鍵を持ってんだ。あの女は、出入り自由よ」とヨコケン。

そうか、鍵の所有者は三組いるのか。事態の複雑さに総一郎は肩をすくめた。四〇一号室を目指す。ここでもヨコケンはきょろきょろと周囲を見回した。注意をしても聞き入れようとしない。総一郎は真意を測りかねた。ドアを開け、玄関の電気を点《つ》ける。床にはチリひとつ落ちておらず、新たに観葉植物が配置されていた。

部屋に入る。金庫がある八畳の洋間をのぞくと、前回はなかった応接セットが置かれていた。客の休憩室にでも使っているのだろう。フルテツの賭場はいよいよ本格的になっている。リビングルームへと進む。たばこの臭いが残っていた。この場所で、ついさっきまで大金が張られていたのだ。

早速仕事に移ろうと軍手をはめた。ヨコケンが移動する。何をするのかと思えば、窓の所へ行き、カーテンを開けた。総一郎があわてて駆け寄り、閉める。

「明かりが外に漏れるじゃないですか」

「ミタゾウ。いちいちびびるなよ。午前四時だぞ」

「でも用心するに越したことはないでしょう」

「それより、キッチンの床下収納を早く開けろよ」ヨコケンの口調は投げやりだった。

「何を怒ってるんですか」

「べつに怒ってねえよ」

総一郎は訝《いぶか》りながら、キッチンへと歩いた。さっさと二百万円を抜いて退散しよう。そう思って、床に敷かれたラグをめくる。同時に窓の開く音が聞こえた。キッチンの小窓からリビングを見ると、ヨコケンが窓からバルコニーに出ようとしていた。

「何をしてるんですか」低く声を発する。

ヨコケンは答えない。ソックスのまま外に出ると、たばこを取り出し、ライターで火を点けた。

総一郎は焦った。火は遠くからでも目立つ。ヨコケンの行動は理解しがたかった。無用心どころではない。開き直っているふうでもない。どこか発見されたがっている態度に思えたのだ。

総一郎は窓まで歩き、抗議した。

「なぜそういうことをするんですか」

「いいじゃないの、たばこぐらい」

「なにもバルコニーで吸わなくたって……」言いながら、ある考えが浮かんだ。ヨコケンは、もしかして、あの女を待ってるのではないだろうか。金を抜き取るのは、方便なのではないだろうか。

「とにかく、早く中へ」

「うるせえよ」

しばらく埒《らち》の明かない言い合いをした。ヨコケンは落ち着きなくたばこを吹かし、まともに目を合わせようとしなかった。

そのとき、遠くからサイレンの音がした。パトカーではなく、消防車のそれだ。

「おっ、火事だな」とヨコケン。「近くじゃないのか。どこだ、どこだ」バルコニーから身を乗り出し、あたりを眺める。

「やめてください。目立つでしょう」

サイレンの音はどんどん近づいてきた。カンカンという鐘の音も響いている。骨董通りで火事なのか？　総一郎も身を乗り出した。

赤色灯が見えた。青山通りの方角から、何台もの消防車が走ってくる。煙はどのビルからもあがってない。

あれよあれよという間に、数台の消防車がマンション前で停まった。ヨコケンが眉《まゆ》を寄せ、総一郎を見る。いやな予感がした。胸の中がざわざわと騒ぎ始める。

通りに降り立った消防員たちが、マンションを見上げていた。「おい、どこだ」「煙なんか出てないぞ」そんな声が聞こえる。サイレンがやんだ。同時に場の緊張感が解《ほど》けた。こんな時間なのに野次馬が出てきた。周辺のマンションのベランダにも人影が見える。

二人で部屋の中に戻った。窓を閉め、カーテンも閉じる。落ち着きなくリビングを歩き回った。仕事に取りかかるべきなのか、判断がつかない。

インターホンが鳴った。「うわっ」ヨコケンが思わず声をあげた。

「誰だよ」

「誰って――」

「どうする」

「どうするって――」

再び鳴った。総一郎は生唾《なまつば》を飲み込むと、部屋の壁に設置されたドアホンを手にした。一階のエントランスからの呼び出しだ。「はい」ささやくような声で返事をする。

「こちらは渋谷消防署です。そちら、メゾンド南青山の四〇一号室ですよね。通行人から一一九番通報があって来ました」

一一九番通報？　喉《のど》の奥の方で灰色の気持ちが充満した。ヨコケンを見ると、青い顔で立ち尽くしていた。

「窓から黒い煙が出ているという通報です。現状確認に向かいますので、ロビーのドアを開けてください」消防士の大きな声が響く。

ヨコケンと顔を見合わせた。今度はこう来たか――。総一郎は口の中でつぶやいた。

要するに自分たちは、二度目の邪魔をされたわけだ。

消防士たちは不機嫌だった。悪戯《いたずら》とわかるなり、まるで目の前の二人が悪いと言わんばかりに態度が横柄になった。火災報知機は鳴ったのか、バルコニーで何か燃やさなかったか、矢継ぎ早に質問を繰り出し、そのどれもに首を振ると、出動確認書にサインを求められた。

「でも、ぼくらは呼んでないんですよ」と総一郎。

「決まりなの。パトカーも救急車も、全部サインをもらうことになってるの」

棘《とげ》のある口調で言われ、渋々名前を書き入れた。偽名も考えたが、借主の確認を求められたので嘘は書けない。派手な証拠が残るな。自然と肩が落ちた。通報者を訊ねたが、「センターじゃないとわからない」と一蹴《いっしゅう》された。

また部屋の掃除をした。何人かの消防士が土足で上がりこんだからだ。

「おれたち、またしても見られてたわけだ」ヨコケンが言った。

「そうですね」

「あの女だな」

「ぼくもそう思います」

その後は無言になった。靴下を水で濡《ぬ》らし、黙々と床を拭《ふ》いた。

金は抜かなかった。気持ちが萎《な》えてしまったのだ。それに、抜いたとしたら別の難事が待っていそうな気もした。

「ケチがついたときは引くに限る」ヨコケンも同じ考えだった。

電気を消し、そっとマンションを出た。ヨコケンは再び周りを見回した。総一郎もそうした。人影はどこにもなかった。まだ夜明けの気配はない。街全体が寝静まっている。

「腹へったな」ヨコケンが背中を丸めてぽつりと言った。

「そうですね」

「恵比寿《えびす》ラーメン、行くか」

「いいですね」

リトラクタブルライトが開いたままのプレリュードに乗り込み、発進した。タイヤを鳴らし、交差点を曲がる。猛スピードで通りを疾走した。安全運転で、と言おうとしたが、聞くわけがないのでやめた。

3

翌日、会社にマンションの管理人から電話がかかってきた。消防車騒ぎの件だった。サイレンの音に起こされた住民が問い合わせ、発覚したらしい。「火災の事実はなく、誰かの悪戯」そう説明すると、気になることを言われた。

「その前は、ガス漏れ騒ぎだったでしょう。警報器も作動してないのに、ガスの臭いがするって通報があって。ガス会社から報告受けてますよ。あれも悪戯だったわけだし、三田さん、心当たりはないんですか？」

総一郎は返答に詰まった。ガス漏れ騒ぎとは初耳だ。

「誰かのいやがらせだとしたら、警察に被害届を出すなりなんなりして、解決してもらえないですかねえ。ほかの住人がびっくりしますから」

「あの、ガス漏れって——」

「四〇一号室でしょ？　先週の金曜の——正確には土曜日か、早朝四時過ぎに東京ガスに通報があったのは？」

「そうなんですか？」

「そうなんですかって——。三田さん、部屋にいたんじゃないの？」

「あの、ええと」どうしようかと思い、咄嗟《とっさ》に「先週は出張していたんです」と嘘をついた。

「じゃあ、東京ガスの救急隊員には誰が応対したんですか」

しどろもどろになり、「姉です」などという嘘をつく。

「とにかく、面倒は困るので、お願いしますね」

「はい、すいません」

受話器を置き、眉をひそめた。金曜から土曜にかけてといえば、賭場の開かれる日だ。午前四時過ぎなら、フルテツも引き上げている。

ヨコケンか？　いや、ヨコケンは鍵を持っていない。だいいち昨夜一緒に忍び込んだのだ。

まったく見当もつかない。現在鍵を持っているのは、フルテツと自分とあの夜の女と……三人しかいないはずだ。女なのか？　しかし、そうなると、ガス漏れの通報をした人物がわからない。

一人で考えても仕方がないので、ヨコケンに電話をした。さいわいなことに、同じ課の人間は出払っていた。

「おい。それは、おれたちのほかにも、あの部屋に入り込んでるやつがいるってことだろう」ヨコケンが受話器の向こうで低く声を発する。「もう一組いるんだよ。金をくすねようとしている同類がよ」

「じゃあ、ガス会社に通報したのは例の女ですね」

「おれもそう思う。あの手この手で妨害しているわけよ。ご苦労というか、勤勉というか、ほんと何者なんだ」

ヨコケンは困惑していた。もちろん総一郎も同様だ。

「でも、侵入したのは誰なんでしょうね。鍵はもうないはずでしょう」

「ミタゾウ。調べて来いよ、東京ガスに行って。この前、消防車が来たとき、出動ナントカ書っていうのにサインさせられたよな。ガスだってきっと一緒だぞ」

「偽名の可能性の方が高いでしょう」

「それでも何か手がかりがあるだろう」

「横山君がやってくださいよ」

「三田物産の三田さんじゃないですかァ。君なら賃貸契約書と社員証で一発でしょう」ヨコケンが皮肉めかして言う。「わかったらすぐに知らせろよ」強引に押しつけられた。

ため息を漏らす。とんだことに巻き込まれたものだ。自分が賃借人である以上、あの部屋で起きていることについて無関心ではいられない。

仕方がなくインターネットで調べてみると、ガス漏れの通報は各エリアの「お客さまセンター」というところに行くことがわかった。港区は中央エリアに含まれ、虎《とら》ノ門《もん》にある。

行くか――。総一郎は会社を出た。スーツの襟を立て、背を丸める。丸の内のビル風は、そろそろ肌を刺すようになっていた。

歩きながら、策を練った。ふつうに訊ねたところで、怪しまれるだけだ。出動したとき部屋には誰がいましたか？　まともに取り合ってもらえるとは思えない。まずは賃貸契約書を見せて……。

次の瞬間、頭に衝撃が走る。腰が砕け、総一郎はその場にうずくまった。視界には銀粉が舞っている。

「大丈夫ですか？」通行中のＯＬに声をかけられ、「はい」と声を振り絞る。街灯のポールに激突したのだ。

考え事は地下鉄に乗ってからにしよう――。痛みを堪《こら》え、先を急ぐ。手で触ると額にたんこぶができていた。


「だから、空き巣の可能性があるんです」

総一郎が制服姿の職員に訴える。結局、そんな嘘しか思いつかなかった。

「空き巣？　午前四時過ぎに？」職員は眉を寄せていた。

「じゃあ泥棒でもいいです。とにかく、部屋の借主たるぼくは地方に出張中で、その日はいなかったんです。だから管理人さんに『ガス漏れ騒ぎがあった』って聞いてびっくりして――」総一郎は寮に帰って持ち出した契約書を見せた。「ほら、これが借主だっていう証拠です」

「何か盗まれたんなら、警察に行ってもらわないと。こっちはガス会社だから」

「いや、盗まれたわけじゃないです」

「じゃあいいじゃない」

「よくはないですよ。留守中に他人がいたっていうのは、気味が悪いじゃないですか」

「困ったなあ。前例がないんだよね。出動確認書を見せろとか、出動した隊員に会わせろとか」

「怪しい者じゃありません。ほら――」総一郎は顔写真つきの社員証を提示した。

「身元だってちゃんと明かしているし」

「三田物産の三田さん……ですか」職員が頭を掻《か》いていた。しばらく思案にふける。

「悪用とかはしないですよね」

「どんなサインが残っているのか、この場で見るだけです」

「……わかりました」

職員は渋々といった感じで壁際のラックへと向かった。ファイルをめくっている。

一枚の書類を外し、再び総一郎の前にやって来た。

「十一月二十日、土曜日、午前四時二十三分出動。港区南青山六丁目×番地×号、メゾンド南青山四〇一号室……間違いないですよね」

「間違いありません」

職員が総一郎の顔を見た。「おたく、三田さんだったよね」

「はい、三田です」

総一郎が答えると、職員は黙って首をすくめた。書類がカウンターに置かれた。顎をしゃくられる。いちばん下の署名欄にサインがあった。見ると、「三田総一郎」と、見覚えのない字で書かれてあった。

総一郎は絶句した。嘘だろう？

「あなたの名前が書いてあるよ」

「でも……ぼくの字じゃないんです」

まったく心当たりがなかった。あの部屋の借主が自分であることを知っているのは、不動産屋とヨコケンしかいないはずだ。不動産屋？　それは非現実的だ。

呆然《ぼうぜん》と立ち尽くす総一郎を見て、気の毒に思ったのか、職員が「隊員にも聞いてみようか」と言ってくれた。書類には出動隊員の名前も記載されている。職員が探すとセンター内にいるのがわかった。ほどなくして、同年代の角刈りの男が現れた。

「ええ、覚えてますよ。骨董通り沿いのマンションですよね。最初はなかなかドアを開けてくれなかったんですが、警察に通報すると言ったら、やっと応じてくれました」

背筋を伸ばし、よく透る声で言う。

「どんな人でした？　男？　女？」

「男性一名です。二十歳《はたち》そこそこなんじゃないかなあ、茶髪だったし」

「で、書類にサインをしたと……」

「そうです」

「ちなみにガス漏れ通報をしたのは、男ですか？　女ですか？」

「それは勘弁してよ」すかさず職員が横から言った。調査が面倒臭いのだろう。

「じゃあ結構です」

通報者はどうせあの女だ。ヨコケンが言ったように、自分たち以外にマンションの金を狙《ねら》っている男がいる。

礼を言って、辞去する。そのままヨコケンの事務所に行くことにした。どうせ急ぎの仕事など与えられていない。


「マジかよ」ヨコケンは身を乗り出し、顔をしかめた。こちらの氏素性まで知れているとなると、さすがに気味が悪くなったらしい。

「茶髪で二十歳ぐらいの野郎だって？　そいつ、強そうなのか」

「知りませんよ、そんなこと」

「ボブ・サップみたいなやつだったらどうする。ぶつかる可能性だってあるんだぞ」

「お金を狙うの、もうやめません？」総一郎が吐息を漏らし、言った。「あの部屋、いろいろいわくがありそうだし」

「そうはいくか。横取りされたら、フルテツの疑いの目はこっちにも向くんだぞ。そうしたら、鍵を持っているおまえは……」

「勘弁してくださいよ」

「一人でびびるなよ。この前の夜は怖いものなしのサラリーマンだったじゃねえか」

ヨコケンはソファにもたれると、テーブルに足を載せた。「借主はおまえだし、保証人はおれだし。どうせ逃げられないんだ。腹をくろうぜ」

「それにしても、どうして鍵を持ってるんでしょうね」

「わかんねえ。二十歳ぐらいの男といい、例の女といい、謎だらけだな」

二人でコーヒーをすすった。ヨコケンの舎弟は退屈そうに机で雑誌を眺めている。会社は暇らしい。

「今週の金曜、また行こうぜ」ヨコケンが軽い調子で言った。「ミタゾウだって、あのネエチャンの正体を知りたいだろう」

「今度はきっと自衛隊が来ますよ。爆発物処理班かなんかが」

「警察じゃなきゃいいさ。女はフルテツの賭場を守ろうとしてるわけだから、一一〇番通報はないだろう」

「横山君、もしかしてあの女に会いたいんじゃないですか？」なんとなく口をついて出てしまった。

「ああ、会いたいねえ。やられっぱなしじゃあ胸糞《むなくそ》が悪くていけねえや」ヨコケンが江戸っ子のような口調で言う。

「そうじゃなくて、個人的関心って意味で……」

「どういうことよ」こちらに静かな目を向けた。

総一郎は口をつぐんだ。不機嫌になりそうな気配があったからだ。

「ところで、今度は何を着てくるんだ？」とヨコケン。

「ぼくが何を着ようと、余計なお世話でしょう」

「おれはVANのスタジアムジャンパーっていうのを見てみたいな」

「持ってません」

総一郎がにらむと、ヨコケンは髪を両手でひっ詰め、口の端だけで笑った。

4

金曜日、何を着て行ってもからかわれそうなので、総一郎はユニクロの紺のフリースにした。安いから使い捨てにしてもいい。ヨコケンはつまらなさそうに鼻に皺《しわ》を寄せていた。

いつものように、骨董通りに車を停めて待つ。ジャズは聴き飽きたので、ビートルズのMDを持ち込み、カーステレオにセットした。

「ミタゾウ。これはいやがらせか？」ヨコケンが眉を片方だけ持ち上げる。

「たまにはいいじゃないですか。世界のスタンダードですよ」

スピーカーから「イエスタデイ」が流れてきた。総一郎がハミングする。

「おれはこの曲を聴くと、学校の音楽の授業を思い出すんだ」ヨコケンは足で床をどんどんと踏み鳴らした。「その先公っていうのは、いつも白いフリルのブラウスを着てたんだ」

本当に嫌がっている様子なのでイジェクトした。よほどひねくれた少年時代を送ったのだろう。

「おまえん家《ち》、家族はどうなってるんだ」ヨコケンが唐突に聞く。

「両親とぼくとフリーターの弟ですけど」

「ふうん。じゃあ三田物産勤務の長男は希望の星だな」

総一郎はそれには答えず、洟《はな》をひとつすすった。「横山君の家は？」

「親父と後妻と腹違いの弟だ。家にはもう二年、帰ってねえ」

適当な感想が見つからないので黙っていた。

カーステレオの音楽がピアノトリオに替わった。「ペトルチアーノは癒《いや》されるなあ」

ヨコケンは柄にもない、うっとりするような目で言った。

午前四時過ぎ、フルテツが引き上げるのを見届けた。車のドアを開けようとすると、ヨコケンに「待てよ」と手で制された。

「おまえ、気づかなかったのかよ」

ヨコケンが前方を凝視している。その視線の先には一台の車があった。国産のミニバンだ。路上ではなく、ビルの駐車スペースに堂々と停まっているので意識もしなかった。中に人影が見える。

「ほら、出てきたぞ」

ドアが開き、一人の男が降り立った。ルーズフィットの上下のスポーツウェア。上着の襟を立て、頭にはニットのキャップを目深《まぶか》に被《かぶ》っている。顔を隠しているのだ。マンションに向かって歩いていく。街灯が一瞬男を照らした。若い男だと雰囲気でわかった。

「あいつですかね、別口の侵入者は」総一郎がささやくように言った。

「少なくとも住人じゃないだろう。もう一時間も前から停まってたからな」

男は玄関をくぐり、中に入っていった。

「おい、行くぞ」とヨコケン。

「行くんですか？」気乗りしなかった。諍《いさか》いごとは、好きではない。

「じゃあ黙って見てるのか。金を取られたら、馬鹿を見るのはこっちだぞ」

「……わかりました。ボブ・サップじゃなくてよかったですね」

そっと車を降りる。ヨコケンはトランクからスパナを取り出した。足を忍ばせ、男のあとを追う。エントランスを抜け、エレベーターホールに立った。階を示すランプは「4」の数字を指していた。

「さっきの野郎だ。間違いない」

二人で階段を小走りに駆け上がった。廊下を進み、四〇一号室のドア越しに中の様子をうかがう。人の気配があった。廊下を歩く足音がする。ヨコケンがジェルで濡らした髪をオールバックに撫《な》でつけた。「相手は一人だ。思いっきりガラ悪くいくからな」鼻の穴を広げる。喧嘩《けんか》の場数は踏んでいるといった感じだ。

総一郎は大きく深呼吸をした。もちろん自分は初めてだ。心臓が喉のすぐ下で高鳴っている。一応自分も髪を撫でつけた。

ドア・レバーに手を伸ばす。施錠はされていなかった。ゆっくりと開け、中に入った。

ヨコケンは律儀に靴を脱いだ。あとの掃除が面倒だからだろう。ただしその後は遠慮がなかった。どすどすと足音を立てて奥へと突き進んでいく。

「おらァ。こそ泥が！　そこを動くんじゃねえ！」部屋中に怒号がこだました。「てめえ、どこの若いもんだ。ここを國風会の賭場と知って荒らしてんだろうな」ヨコケンがスパナを振りかざす。

男は驚愕《きょうがく》の面持ちでキッチンの壁に張りついていた。表情に血の気はない。続いてリビングに移動し、ソファに倒れ、その場で這《は》いずり回っていた。腰が抜けたようだ。口をぱくぱくさせている。

見ると、渋谷辺りを歩いていそうな、ふつうの若者だった。キャップが脱げ、長い茶髪が上下に躍っている。

「観念しろよ。ことと次第によっては東京湾でボラの餌《えさ》になってもらうからな」

男はまだ口を利けないでいた。全身を震わせている。ただのこそ泥なのだろうか。だとしたら、どうやって鍵を手に入れ、借主の名前を知ったのか。

そのとき、タンタンという甲高い音が玄関から響いた。

何だ？　総一郎が振り返る。「わあーっ」思わず声をあげていた。

全身が黒光りしたドーベルマンがそこにいた。頭の中が真っ白になった。何が起きたのか。ヨコケンはいつの間にかソファの背もたれに飛び乗っていた。「わっ、しっ、しっ」声が震えている。スパナが床に音を立てて転がった。総一郎は観葉植物の陰に隠れた。膝《ひざ》ががくがくと鳴っていた。

ドーベルマンが低く唸《うな》った。よく尖《とが》った牙《きば》が目に飛び込んだ。

その後方に、黒い影が音もなく現れる。

「あんたたち、いいかげんにしなさいよ！」どこか管楽器を思わせる声が響いた。女だった。黒いタートルネックのセーターに黒いパンツ。黒い髪に黒い瞳《ひとみ》。口紅だけが赤く光っている。この前の女だ——。

「タケシ！　やっぱりあんただったのね。どうも体つきが似てると思ったら——。あんた、わたしの鍵を持ち出して、スペアを作ったでしょう！」茶髪の男を怒鳴りつける。

タケシ？　どういうことだ。この侵入者と女は関係があるのか？

「さては、この前の二件のうちの一件はあんたね。まったく目先の金に目がくらんで——」

女は腰に手を当て、仁王立ちしていた。体にフィットした服がいっそう手足を長く見せていた。

「そっちの二人組も。どうして懲《こ》りないのかねえ。やくざの金を狙うなんて、度胸がいいのか頭が悪いのか——」

「おたく、誰よ」ヨコケンがうわずった声で言う。

同時にドーベルマンが牙をむき、一歩前に出た。「うわっ」ヨコケンが壁をよじ登ろうとする。

「まだスペアキーがあったわけね。一個だと思ったこっちも迂闊《うかつ》だったけど」女はヨコケンと総一郎を見比べた。「ほら、どっち？　早く出しなさい」手を差し出す。

「おねえちゃん」茶髪の男が言った。おねえちゃん――？　総一郎とヨコケンは息を詰まらせた。

「その犬、ぼくには懐《なつ》いてないから、早くどっかへやってよ」

「ストロベリーって言いなさい！」

「ストロベリー。しっ、しっ」クッションを抱きながら、片手で追い払おうとする。

女はドーベルマンを呼び寄せると、「ステイ！」と言って床に座らせた。

「ちょっと、おねえさん、穏やかにいこうね」ヨコケンが声を発する。ソファから降り、総一郎のうしろに移動した。

「穏やかもなにも、そっちが邪魔をするからでしょう」

「おたく、フルテツの、いや、古谷さんの知り合い？」

「やくざなんか知らない」

「だったら、どうしてここにいるわけ。知っているみたいだけど、ここ、フルテツの賭場だよ」

「あんたたちには関係ない」

切れ長の目が揺れた。吸い込まれるような瞳だ。

「訳だけでも聞かせてよ」

「とりあえず、自己紹介するっていうのは……」総一郎も言った。

「こっちは知ってるの。そっちがパーティー屋さんで横山健司、そっちは三田物産の社員で三田総一郎」女は交互に指さした。

「どうして……」

「知りたい？　じゃあ特別大サービス。催涙スプレーをお見舞いした日、外で待ってて、自宅まであとをつけたの。二人いるから、弟を呼び出して一方を頼んだのがミスだったわ。おまけにお金を戻すときも手伝わせて……。ああ、姉弟だからって信じたわたしが馬鹿だった――。まったく、このタケシときたら、遊ぶ金欲しさになんでもするロクデナシなんだから」

　タケシが口をすぼめている。そうか、だからこの男は自分の名前を知っていたのか。

「そのあと、マンション管理人に聞いたの。『三田さんは四〇一号室ですか』って。そしたら『はい』って言うから、そっちが――」総一郎を顎でしゃくった「借主だってわかったの。やくざに名義を貸したんでしょ。脅されたのか、騙《だま》されたのか、いきさつは知らないけどね」

　謎がひとつだけ解けた。

「あのさ、どうしておれの名前では聞かなかったのよ」ヨコケンが不服そうに言う。

「あなたじゃ借りられないでしょう。こんな一等地のマンション。『ビバップ』って会社、インターネットで調べたわよ。出会い系パーティーの演出だって。素敵な仕事じゃない」女が慇懃《いんぎん》に微笑《ほほえ》む。

ヨコケンは気分を害したらしく、顔全体を赤くした。

「ほら、早く鍵を置いて出て行きなさい」

「気にいらねえな」とヨコケン。「そっちが自己紹介しなけりゃ、フルテツに言っちゃうよ」

「どうやって？　金を盗もうとしたら知らない女に邪魔されましたって言うわけ？」

女がせせら笑う。ヨコケンはますます頭にきた様子で、鼻息を荒くした。

「おねえちゃん。この人たちにも頼もうよ」タケシが口を挟む。

「うるさい。あんたは黙ってなさい。一人でやります。わたしはもうあんたにだって頼らないんだから」

「言えよ。場合によっては協力してやるぜ」

「えらそうに」女がドーベルマンの背中をたたく。「ストロベリー。あのお兄さんに遊んでもらいなさい」

「悪かった」ヨコケンが総一郎のうしろで身を縮めた。

「でもさあ、人手はいるよ」とタケシ。

「ご心配なく。誰か探します」

「おねえちゃんの周りに、信用できるやついる？」

「今となれば、あんたがいちばん信用できない」

「なんか、おれたち、一肌脱ぎたい気分だなあ」ヨコケンが水を向ける。「なあ、ミタゾウ」

「おれたち？」総一郎は目をむいた。

「二人で漫才やらないの」と女。

「よくわからないけど、あんたとおれらは敵同士って感じじゃないし、儲《もう》け話なら一枚嚙《か》ませてよ」

「儲け話？　下々が、下劣な――」

「ちがうのかよ」

「関係ありません」終始毅然《きぜん》として言い返す。

「邪魔しちゃお」ヨコケンが低く声を発した。「入れてくれないのなら邪魔しちゃお」

総一郎が振り返る。目が輝いていた。このかけ引きに、気持ちが昂《たか》ぶっている様子だ。

「横山クンはストロベリーと遊びたいようね」

「おう、やってみろ。血が飛び散ったら絨毯《じゅうたん》の染みは取れねえぞ。証拠、残すぞ。用心深いフルテツのこったから、当分賭場は休業だろうな」

女がはじめて言葉に詰まった。頬《ほお》がかすかにひきつった。

「要するにあんたは、もっと別のことを企《たくら》んでるんだよな。この賭場の絡みで。おれたちが金を取るのを阻止しなければならない。つまり賭場が続いてもらわないと困るわけだ」

飼い主の感情を察したのか、ドーベルマンが立ち上がった。

「おれをナメるなよ。こう見えても、十五の頃からこの界隈《かいわい》で遊んでんだ。犬ごときに脅されて、『はいそうですか』で引き下がるような甘ちゃんじゃねえんだよ」

女が髪をひと振りし、無言でヨコケンをにらみつける。映画のワンシーンのように、絵になっていた。

「だからさ、友だちになろうぜ」ヨコケンが急に口調を和らげた。「これも何かの縁だし。なんか、楽しいじゃない。やくざの賭場で偶然出会った男女が、チームを組んで一仕事働く。いいよなあ、青春だよなあ。あ、そうそう。こいつなら大丈夫だから」総一郎の肩をたたく。「大企業のサラリーマンだけど、はみ出すの、平気だから。ミタゾウって呼んでやってよ。おれはヨコケンでいいや。こっちも特別大サービス。マブダチにしか許さない呼び名なんだぜ」

女が吐息を漏らした。少しだけ目元の緊張が解けた。

「よしっ。手打ちといこうぜ」ヨコケンが明るくたたみかける。

その上気した横顔を見て、総一郎は今度こそ確信した。どうして何度も忍び込もうとしたのか。目立つような真似《まね》をしたのか――。ヨコケンは、この女に心を奪われた。会いたかったのだ。

女が口を真一文字に結び、黙り込んでいる。

ドーベルマンが床に腰を下ろした。飼い主を見上げてクウンと鳴いた。

5

頭の中で「オール・マイ・ラヴィング」を唄《うた》った。愉快な気分のときの定番ソングだ。ロック通はジョン・レノンばかりを褒めそやすが、総一郎はポール・マッカートニーが好きだ。沈鬱《ちんうつ》ぶらない。それだけで百万ドルの価値がある。

「おい、三田。朝から何リズムとってんだよ」今岡が机で耳をほじりながら言った。

「先週頼んでおいた決算書、どうなってるんだ」

「やってませんけど」平然と答えた。

「どういうことだよ。火曜が締めだって言ったろう。今日だぞ」

「そうでしたっけ。最近、記憶が曖昧で」

総一郎が開き直る。今岡はさっと気色《けしき》ばみ、「国後からは蟹《かに》も送らせるからな」と言い捨て、書類を取り上げた。

小さく肩をすくめ、パソコンに向かう。インターネットで「白鳥《しらとり》アールヴィヴァン」のホームページを開いた。赤坂にギャラリーを構える小さな美術商だ。あの日以来、何度となく確認している。頭の中が、このことでいっぱいだからだ。

創立が一九八八年とあるから、バブルの最盛期にできた会社だろう。最初のページには、オーナーの写真が数点載っていた。恰幅《かっぷく》がよく、少ない髪を無理矢理長髪にしてうしろで束ねている。眉が異様に太く、いかにも強欲そうだ。背景はパリやニューヨークの街並みだった。毛皮のロングコートを着た写真があるのにはぎょっとした。芸能人と並んだスナップもあり、成金趣味そのものだった。照れとか謙譲の心とかは持ち合わせていないらしい。だいたい「白鳥武蔵《むさし》」という名前が男の図々しさを物語っている。自分でつけた通り名なのだ。

「本名は黒川《くろかわ》春雄。口にしたくもないけどね。苗字《みょうじ》からお察しのとおり、わたしのパパ」

先週の土曜、早朝七時までやっているという、西麻布の隠れ家のようなバーで、クロチェは不愉快そうに言った。

「もっともママとは七年前に離婚したから、今は他人なの。雀《すずめ》の涙ほどの慰謝料を払っただけで、その後はまともな生活費も渡さず、麻布台ヒルズの家賃二百万のペントハウスでホステス上がりの若い後妻と暮らしている最低の男」

女は名前を黒川千恵《ちえ》といった。「じゃあクロチェだな」ヨコケンがうれしそうにまぜっかえすと、クロチェは「なれなれしい」と語気を強め、怖い顔でギムレットを飲み干した。

弟のタケシはドーベルマンと一緒に帰された。聞くとまだ十九歳で、クロチェは子ども扱いしていた。

「あんた、年はいくつよ」とヨコケン。

「二十五」つっけんどんに答えた。

「ワオ。おれたち三人、同い年だぜ」

クロチェはそれがどうしたという顔をしている。二十五歳の三人が、丸いテーブルを囲むこととなった。

「賭場のある夜は、毎晩ワインレッドのベントレーが通りに停まってたでしょう。見なかった？」

「そういえば、あったかな」ヨコケンが答える。「たいして気にも留めてなかったけど」

「白鳥はあの賭場の常連なわけ。金の亡者で、ギャンブル狂で、虚栄心の塊《かたまり》で、詐欺師で、エゴイストで、ハゲで、デブで、ああ血が繫《つな》がっていると思うだけで——」

クロチェが唇を震わせた。

「あのう、悪い人なのはわかりましたから。黒川さんのしようとしていることを……」総一郎が言う。

クロチェは大きく息を吐いた。メンソールのたばこに火を点け、紫煙をくゆらす。その口から出てきたのは、白鳥武蔵から十億円を巻き上げる計画だった。


総一郎はもっと詳しく知ろうと、「白鳥武蔵」でインターネットを検索した。よほど出たがりの人物らしく、あちこちのサイトに名前を見つけることができた。各種紳士録、パーティーの発起人、イベントの協賛者、馬主、団体の理事。ドッグショーのスポンサーにまで名を連ねているのには苦笑した。金持ちの集まる所に顔を出し、美術品を売りつけたいのだろう。

クロチェから聞かされた、告発サイトにも突き当たった。どこかの陶芸家が、「でたらめな契約書にサインをさせて作品を持ち逃げするインチキ美術商」と自身のホームページで罵《ののし》っていた。右翼団体からの恫喝《どうかつ》もあった。「日本美術をたたき売りする国賊に天誅《てんちゅう》を下す」という物騒なものだった。市民団体からの非難もあり、それは「賄賂《わいろ》を積んで公立美術館に不当な高値で絵画を買わせた税金泥棒」というものだった。

あちこちで恨みや不評を買っているようだ。もっとも、まともな商売をしていたのでは、博打《ばくち》で百万単位の金を張るような遊びはできない。白鳥武蔵は、金のためならなんでもする男なのだ。

「最初、賭場に出入りしているのを知ったときは、警察にチクってやろうかと思ったの。でも逮捕されたところで、せいぜい罰金刑か執行猶予付きの判決だろうし、人からどう思われようがまったく意に介さない厚顔無恥な男だから、効果なんかないのよ。それにこっちは一円の得にもならないし」

クロチェはそう言うと長い足をすらりと組んだ。形のいいヒップが強調される。ヨコケンがそっと盗み見ていた。

「それで、どうしようかと思ってるときに、白鳥が賭場の常連客たちに美術品の投資話を持ちかけていることがわかったわけ――。高額の絵画を共同購入して値上がり後売却して利益を分配するっていうビジネスでね、バブルの頃日本に入ったユトリロだのルノアールだのを買い集めて、個人消費が好調なアメリカで売るんだって」

「ふうん、いろんな商売があるもんだね」ヨコケンがテーブルに肘《ひじ》をつき、感心する。

「というのは嘘」

「なんだよ」片方の肘をテーブルから落とした。

「白鳥の嘘ってこと。そういうシナリオで欲の皮の突っ張った素人から、全部で十億円を集めて、銀座にビルをひとつ買うという計画なのよ。でもって、それを担保にして銀行から金を引き出して、さらに事業を拡大する。ああいう山師には銀行だって完全な担保主義だからね、要するに元手となる資金集めの方便」

「絵画は買わないわけ？」

「元々自分のギャラリーの地下室に眠ってるものなのよ。バブルがはじけて買い手もつかなくなった有名画家の二級品を、あらかじめ買い叩《たた》いて手に入れてるの」

「それって詐欺だね」

「だから詐欺師だって言ったでしょう」

クロチェが顎をひょいと向ける。ヨコケンが柄にもなく照れた。

「金はちゃんと分配するわけ？」

「さすがに全額持ち逃げはしないと思うけど、相場が崩れたとか言い訳して、割り引いた額を数年後に返すつもりなんじゃない。弁舌だけは政治家並みだから」

二本目のたばこに火をつける。フィルターに赤い口紅がついた。

「あの賭場は、白鳥にとっておいしい客が次々とやってくるのよ。不動産ブローカーにレストラン経営者、生臭坊主に芸能プロの社長。それに、どうやら古谷っていうやくざが乗り気で、一枚嚙むらしいのよ。それも、自ら営業してコミッションを取ろうという腹積もり。だから、しばらく賭場は続いてもらわないと困るわけ」

「フルテツが絡むの？　おっかない野郎だぜ」

「よく言うわよ。そのやくざの金を盗もうとしたくせに」

「ところで……」今度は総一郎が聞いた。「それってどうしてわかったんですか？

おとうさんとは、今は他人同士なんでしょう？」

「タケシがスパイなの」

「弟さんがスパイ？」

「白鳥の若い後妻っていうのが子供を産みたがらないから、急に跡取りが欲しくなって、二年前にタケシだけ引き取ったのよ。また女の産みたがらない理由っていうのが、『体形が崩れる』だって。まったく似合いのカップルというか――」

クロチェがしかめっ面をする。鼻に寄った皺が妙にセクシーだった。

「タケシは現在、六本木にマンションを借りてもらって一人暮らし。白鳥の仕事を手伝わされてるの。もっともお子ちゃまで、ママからも離れられないんだけどね。ついでにわたしの言うことも聞くわけ」

「ふうん。それで、おれらは何をするわけ？」とヨコケン。

「決まってるじゃない。白鳥が集めたお金を全額いただくのよ」

「全額って、十億円？」二人で目を丸くした。

いし」

「床下の数千万なんて、もらってもしょうがないでしょう。だいいち白鳥の金じゃないし」

「でも、数千万あったらマンションだって買えますよ」と総一郎。

「どこに」クロチェが軽蔑《けいべつ》するような目を向けた。「世田谷の３ＬＤＫとか、言わないでよね。わたし、港区以外で呼吸をするつもりはないんだから」

総一郎は黙って唇をむいた。クロチェはかなり高慢な女らしい。

「で、どうやっていただくのよ」ヨコケンが色めき立つ。

「あわてないの」クロチェが周りを見回した。テーブルに身を乗り出す。声を低くした。「実はね――」

6

午後九時まで残業をして、会社を出た。総一郎はリュックを背負って地下鉄に乗った。帰り際、「もう帰るのかよ」と今岡ににらまれたが、無視した。食品部は終電で帰るのが当たり前の部署だった。

昼間は空いている応接室で仮眠を取った。どこか開き直る気持ちがあり、熟睡することができた。どうせあと少しのサラリーマン生活だ。人事考課など、どうだっていい。

表参道駅で下車し、骨董通りを歩いた。アルコールの入ったＯＬたちが、楽しげに行き交っている。何度も通うとこの街に妙な愛着が湧いた。大学時代、青山や六本木にはまるで縁がなかった。連れ立って遊ぶ友だちもいなかった。

メゾンド南青山を横目に見て、斜め向かいの白いマンションに入った。インターホンで五〇三号室を呼び出す。「どうぞ」クロチェの愛想のない声がした。きっと異性としての関心はゼロなのだろう。ヨコケンにも自分にも、女らしさをまったく見せようとしない。

部屋に上がると、そのヨコケンがもう来ていた。殺風景なリビングの端っこで膝を抱えている。

「よお、クロチェ。この犬、なんとかしてくれよ」ドーベルマンと向かい合っていた。

「ストロベリーって呼んで」

「このマンション、ペット可なのかよ」

「あんたは管理人か」クロチェが仏頂面で言い捨てる。

部屋の隅には小型のモニターテレビがあった。画面に映っているのは、メゾンド南青山のエントランスだ。

総一郎は窓からベランダをのぞいた。三脚が立ててあり、鉢植えに隠れるようにビデオカメラがセットされている。なるほど、これで自分たちは見られていたわけか。

部屋は一月前にクロチェが借りたと言っていた。監視できる部屋を探したのだろう。

「経費、かかってますね」

「獲物が大きければ当然でしょ」

「敷金礼金だけでも大変ですね」

「そう思うなら感謝してよね」

「クロチェ、抜いただろう」ヨコケンが口を挟んだ。

「なんのこと？」

「賭場の金だよ。戻すときに一束ぐらい抜いただろう」

　クロチェがたちまち顔をこわばらせた。「横山君。はっきりさせておくけど、この計画はわたしがボスですからね」

「へいへい。どうせわたしらは、上がりの二割をいただく使用人ですよ」

　十億円を手にした場合の取り分は、クロチェが六億で、ヨコケンと総一郎が二億ずつになっている。「元はといえば、わたしのパパのお金でしょう」そう主張するので渋々呑《の》んだのだ。もっとも二億でも、気が遠くなるような大金だ。

「で、抜いたんだよな」

「うるさい」クロチェが頬を赤くする。抜いたな、と総一郎も思った。

「気の早い話ですけど、手形や小切手だったら換金はどうするんですか」

「百パーセント現金取引。あの男のいつものやり方。国税局の摘発を想定して、どこにも記録を残したくないの」

「十億って、きっと冷蔵庫ぐらいの嵩《かさ》でしょうね」

「ジュラルミン・ケースで十個。あの馬鹿、集金する前からタケシに用意させてるの」

「手回しのいいことで」ヨコケンが鼻で笑う。

ケースを用意したということは、銀行に預ける気もないのだろう。

総一郎は床に腰を下ろし、途中で買ったハンバーガーを食べた。ドーベルマンは躾《しつけ》が行き届いているようで、表情ひとつ変えなかった。フレンチフライを差し出しても、一瞥《いちべつ》をくれるだけだ。「ストロベリーはジャンクフードなんか食べないの」クロチェが見下したように言った。

交代でモニターを監視する。といってもヨコケンと自分とで、だ。クロチェは髪を輪ゴムで束ね、寝転がってファッション雑誌を広げている。あまり献身的な性格ではないらしい。

クロチェは自分のことをほとんど話さない。仕事も、住んでいるところも。ヨコケンがしつこく聞いたが、「関係ないでしょ」と突き放した。教えられたのはケータイの番号だけだ。

午後十一時を過ぎた頃、フルテツの子分たちが現れた。ビニール袋を両手に提げ、マンションに入っていく。三人でモニターに見入った。犬まで加わった。

「大方食料品ですね。ウイスキーの瓶がのぞいてます」総一郎が言った。

「最近では、簡単な手料理を客に振舞ってるみたい。やくざも下っ端は大変ね」

クロチェが手を床につき、身を乗り出す。甘い匂いがした。ヨコケンは黙ったままだ。ふと視線を移すと、すぐうしろでクロチェのうなじを見ていた。切なそうな目で。

「おっと、フルテツのおでましですよ」

正面に停めた車から降りる。たばこを歩道に捨てると、猫背でエントランスに向かった。

「あれね、ヨコチンが取り上げられたポルシェっていうのは」クロチェがからかうように言う。

「ヨコケンだよ」むきになって言い返した。

午前零時になると、クロチェがリュックから無線機を取り出した。ハンディ型のトランシーバーに似た機械だ。「なによそれ」ヨコケンの問いかけを無視して、ボタンを操作した。

「黒川さん、もしかして、あの部屋に盗聴器でも仕掛けたんですか?」総一郎が聞く。

「そこまで危険は冒さない。見つかったらアウトでしょ」スピーカーからノイズが流れる。クロチェは周波数を合わせていた。「仕掛けたのは白鳥のバッグの中の電卓。あの小商人《こあきんど》、電卓と領収書が必携品だから」

「タケシ君ですか」

「そう。白鳥の電卓をわざと壊して、マイクと送信機内蔵の新しい電卓をあてがったの。孝行息子だってよろこんでたみたい」

「どのくらいの範囲で受信できるんですか」

「都心だと、せいぜい百メートル。だから近くに部屋を借りる必要があったの」

無線機を床に置く。ノイズの中、かすかに人の声が聞こえてくる。宅配便の無線連絡、建設現場のやりとり。東京の空はいろんな電波が飛び交っているようだ。

そのとき、無線機から男の歌声が流れた。クロチェがすぐさま顔をしかめる。ヒキガエルのようなダミ声だ。演歌を、唄うというより唸っていた。

「こいつ、こいつ」クロチェが無線機を指さす。「白鳥の馬鹿、いつも車の中でカーステレオに合わせて唄ってるのよ」

「じゃあ、黒川さんのおとうさんが来たんですね」

「おとうさんなんて言わないの。今後は白鳥で統一すること」忌々しそうに言う。

「どれどれ」ヨコケンがベランダに出た。総一郎も続く。目立たないように中腰で顔だけのぞかせた。

らないぜ」

「来た、来た。ベントレーだよ。おーおー、四〇五馬力の最新モデル。二千万はくだ

よく磨かれたボディが、街灯を浴びてきらきらと輝いていた。

車が路肩に停車する。腹の突き出た中年男が、小ぶりのバッグを抱えて降りてきた。道に痰《たん》を吐く。「かーっ、ぺっ」という音が真夜中の街に響き、同時に部屋の無線機からも聞こえた。クロチェを見ると、奥歯を嚙み締め、両腕をさすっていた。

部屋に戻り、無線機を囲んだ。インターホンの音がした。(白鳥ですがァ)、マイクに向かって発せられた声は、いかにも押しが強いベンチャー企業の社長風だった。

白鳥が四〇一号室に入る。(やあ、やあ)、(どうも、どうも)、複数の人間の声が聞こえた。賭場はすでに客が集まっているらしい。

(白鳥社長。酒はブランデーにしますか？　スコッチもありますが)

フルテツの声だ。強面《こわもて》のやくざが、ホテルマンのように振舞っている。以前忍び込んだとき、応接セットが置かれていたことを総一郎は思い出した。開帳前に一杯やっているのだ。

(先週は四つもいかれちゃったからなあ。今日は取り返さないと)

(いえいえ、お手柔らかに)

「四つって、四百万ですか？」総一郎が聞いた。

「きっとそうね」とクロチェ。

「くそったれが。こっちは毎月の支払いにひいひい言ってるのによォ」

「儲からないのなら、会社畳めば？」

クロチェに言われ、ヨコケンが口をへの字に結ぶ。可愛げがねえなあ、と顔に書いてあった。

（白鳥社長、こちらは新しいメンバーで輸入車販売の藤原《ふじわら》さん。例の絵画投資の件、お話ししたんですが……）

フルテツが誰かを紹介している。クロチェが言ったとおり、白鳥の集金に一枚嚙むつもりなのだ。

（今ね、欧米では八〇年代後半に日本に渡った名画を買い戻そうという動きがあるんですよ。とくにアメリカでは……）

白鳥が事業説明をする。紙の音がするのでパンフレットでも広げているのだろう。巧みな弁舌だった。立て板に水とはこのことだ。

（一口一千万。どうです、どーんと五口ぐらい）

（うーん。五口は冒険だなあ）

客が唸る。ただし、興味はあるという口ぶりだった。考え込んでいる様子がありありと浮かぶ。

クロチェがメモを取り出した。「フジワラ」と名前を書く。のぞき込んだら、何人かの名前と数字が乱数表のように並んでいた。

「なんですか、これは」

「これまでの取引状況。毎回一人か二人は落ちるのよ。やくざの口利きって効果あるみたいね。この前は、不動産屋の社長が『占有屋を追い払うぐらいのことなら任せてください』って言われて、それで五口乗ったから」

「なるほどな。水商売なら用心棒。車屋ならトラブル処理。派手な事業展開をしてるオッサンたちに、やくざは利用価値があるわけだ」

ヨコケンがふんと鼻を鳴らす。自分もそうだろう、と総一郎は言いたくなった。要するに、ここの客は出世したヨコケンなのだ。

(とりあえず三口にしてよ)、客が言う。すかさずクロチェが「3」と数字を書き込んだ。簡単な商談成立に、総一郎は呆気《あっけ》にとられた。

「これでいくらになったんですか？」

「十八人から合計で約七億円。目標まであと三億」

「くそお、あるところにはあるんだよな。三千万をポンとだぜ」ヨコケンがため息をつく。

「お金はもう白鳥の手に渡ってるんですか？」

「ううん、まだ。絵画の内覧会をやって、それから集金。どうせ見たって素人にはわからないだろうけど、一応、信用させないといけないからね」

しばしの歓談があって、賭場が開帳された。冗談が飛び交ったりしている。和やかな雰囲気なので意外に思った。

「あんまり、緊張感ないんですね」

「最初のうちだけ」クロチェは口の端で笑って答えた。「熱くなると、みんな無口になるよ。なにせ賭《か》け金が最低十万の賭場だからね」

その言葉のとおり、一時間もすると、聞こえるのはどよめきとため息が主となった。クロチェがまた床に転がる。たばこをくわえ、雑誌をめくりはじめた。犬がすぐ横で伏せをする。

「内覧会っていうのはいつなんですか？」

「まだ決まってない」

「あと三億か。オッサン、早くまとめてくれよな」ヨコケンが指の骨を鳴らして言った。

「あと二億八千万ですよ」と総一郎。「現在七億二千万だから」

クロチェが顔を上げた。「三田君、なんで知ってるの？」

「さっき、黒川さんのメモをのぞきましたから」

「のぞいたって、一瞬でしょう」眉をひそめている。

「三秒くらいは見てました」

「その三秒で暗算したわけ？　十八個の数字が並んでるのよ」今度は目を丸くした。

「まあ、それくらいなら……」

クロチェが黙る。大きな瞳で総一郎を見つめた。整った目鼻立ち、長い睫毛《まつげ》、時間が止まったような錯覚を覚えた。

「ふうん。三田君って、頭いいんだ」また寝転がる。クロチェの美貌《びぼう》が、残像としてしばらく消えなかった。

「あーあ」ヨコケンが、不機嫌そうに欠伸をする。足を投げ出し、壁にもたれた。

「ミタゾウ。おまえ、明日会社だろう。帰ってもいいぞ」

「平気です。昼間、適当に居眠りしますから」

「そうは言っても、一流商社ともなれば毎日が激務だろう」

「大丈夫ですよ。結構自由にやってますから」

ヨコケンが黙る。なんとなくわかった。ヨコケンはクロチェと二人になりたいのだろう。でも協力しなかった。そこまで親切ではない。

（おおーっ。白鳥社長、男ですねえ）

（ここで勝負に出なきゃ、ぶら下げてる意味がないだろうよ）

そんなやり取りが無線機から聞こえた。そののち、大きなどよめきがした。

「馬鹿みたい」クロチェがつぶやく。男全体に対して言っているように聞こえた。

街はしんと静まり返っている。無線機のノイズだけが家具のない部屋に響いていた。

7

一月ぶりに六郷土手《ろくごうどて》の実家に顔を出した。総一郎は、大田区の南の外れで生まれ育った。小さな工場が建ち並ぶ、昔からの煙突の街だ。「月に一度ぐらいは顔を見せなさい」と母親が言うので、渋々従っている。休日だとあれこれ構われるため、平日の残業のない夜にした。夕食を食べて、そそくさと寮に帰るのだ。

「ソウちゃん、久しぶり。元気でやってる?」駅前商店街を歩いていると、文具屋のおじさんに声をかけられた。「すっかり背広が板についちゃって。なんたって天下の三田物産だもんなあ。どう?　そろそろ海外勤務なんじゃない?」

「はは」なるべく自然に笑い、早足でその場を離れた。

この辺りは、大都会・東京とは思えないほど人情に厚い地域だった。中学のとき、堤防で好きな女子に手紙を渡したら、自転車屋のおじさんに目撃され、翌日には町内のみんなが知っていたのだ。慶応大学に合格したときは、菓子を撒《ま》かれそうになった。

築三十年の古びた実家に到着すると、まず仏壇に手を合わせた。これも母の言いつけだ。居間ではすき焼きの用意がされていた。

「どうだ、仕事は」父がビールをグラスに注《つ》いで言う。

「まあまあ。浩二郎は？」一杯だけ付き合い、弟の姿がないことを聞いた。

「バイトとか言ってるが、どうせ遊び歩いてるんじゃねえのか。まったくしょうがねえやつだ」父は鍋《なべ》に肉を並べた。脂の弾《はじ》ける音がする。「工場を継いだらどうだって勧めても、『それは兄貴の役目だ』なんてぬかしやがるし。総一郎は三田物産じゃないか、おまえも一流企業に就職したら好きにさせてやるって言ったら、プイとふくれて三日も家に帰ってこねえし」

「おとうさんが比べるようなことばかり言うからよ」母が台所からやってきた。炬燵《こたつ》に入り、茶碗《ちゃわん》に御飯をよそう。「あの子はあの子で、やりたいことがあるのよ」

「あるもんか。大学に行かねえなら普通は就職するもんだろう。それをフリーターとかいって、定職にも就かねえで」

「もういいよ、その話は」総一郎がいさめる。肉を卵に浸して食べた。

弟とは最近すっかり疎遠になった。仲は悪くないが、向こうが自分をちがう世界の人間と勝手に決めつけている。

「この前な、関東商事に見積書を出したとき、おまえの部屋にあった三田物産の社名入り封筒で渡したら、向こうがびっくりしてな。『三田さん、もしかして三田物産と関係があるの？』って」

父が手酌しながら言う。先が読めたのでうんざりした。

「まさか。うちみたいな零細が、世界の一流商社と関係あるわけないじゃない。せがれだよ。うちのせがれが三田物産に勤めてるのよって言ったら、余計にびっくりしてな。あはは」

父が声をあげて笑う。総一郎は相手にしなかった。

高校を出て旋盤工になった父は、かつては「手に職をもつのがいちばんだ」と口癖のように言っていた。ところが総一郎が慶応に受かると、いきなり宗旨《しゅうし》替《が》えした。学歴への恨みを晴らすように、息子の通う大学の自慢を始めたのだ。三田物産に入社すると、さらに拍車がかかった。総一郎の会社の様子を知りたがり、それを近所に吹聴して回った。

総一郎には恥ずかしく、重荷だった。

辞めると告げたら、父と母はどんな反応をするのか。落胆するより怒り出す気がする。

憂鬱な気持ちで、鍋をつつく。そのときケータイが鳴った。画面を見るとヨコケンからだった。面倒くさいが出てやる。

「おい、ミタゾウ。飯でも食わないか」食事の誘いだった。どういう風の吹き回しか。

「今、食べてる最中。ちなみにすき焼きですけど」

「いいねえ、一流企業のエリート様は。料亭で接待でもされてるのか」

「そうなんですよ。銀座の岡半なんです」

「馬鹿野郎。テレビの音が聞こえるぞ。大方実家で卓袱台《ちゃぶだい》でも囲んでんだろう」

卓袱台とはなんだ。立派な家具調炬燵だ。「とにかく食事中ですから」つっけんどんに応答した。

「待てよ。話があるんだよ」とヨコケン。仕方がないので食事を中断して廊下に出た。

「なあ、ミタゾウ。いろいろ考えたんだがよ、おまえ、降りた方がいいんじゃないのか？」

「どういうことですか」総一郎は、唐突な言葉に耳を疑った。

「エリートコースを台なしにすることはないんじゃないかと思ってよ」やけに神妙な口ぶりだ。「言っておくけど、分け前を増やそうとか、そういう魂胆じゃないからな。おまえの生涯賃金を考えてみろ。分け前の二億なんて半分以下だろう」

ヨコケンがもっともらしい理由を述べ立てる。総一郎にはすぐにわかった。ヨコケンは自分を邪魔者扱いしている。クロチェと二人になりたくてしょうがないのだ。

「ミタゾウ、堅気でいろよ。おまえのためだ」

見え透いたことを。ヨコケンは人のことを思いやるようなタイプではない。

「いやです。会社なら辞めるって言ってるでしょう」

突き放すように言い、電話を切った。一人肩をすくめる。何の用かと思ってみれば……。

ヨコケンの恋の病は重症らしい。きっと毎日クロチェのことを考えているのだろう。

居間に戻ると父が、「なんだ、おまえ、会社なら辞めるって――」と真顔で聞いてきた。

「冗談。同僚とふざけてたの」総一郎は何食わぬ顔で答えた。

「おまえも来年の春には転勤だろう。ヨーロッパか、アメリカか」

「まだわからない」父の方は向かず、テレビに目をやった。

会社のことは考えたくない。家のことも。正直なところ、十億の件は救いだった。つまらない日常を忘れさせてくれる。

早めに食事を済ませ、仕事が残っていると嘘をついて家をあとにした。

「今度は社名入りの便箋《びんせん》、もってきてくれ」出るとき、父がうれしそうに言った。

「うん」と生返事する。総一郎は深くため息をついた。

8

「クロチェ。聞いてやってくれよ。ミタゾウの野郎、とんだスケベ青年でな。うちの事務所の亜里沙って女にぞっこんで、電話攻勢がすげえんだよ。そもそもおれの主催したパーティーで紹介したんだけど、その日のうちにホテルに連れ込むんだぜ」

ヨコケンがおどけた調子で言う。クロチェの借りたマンションの部屋、出前のピザを食べながら、三人で賭場が開くのを待っていた。

「ミタゾウの好みっていうのは、実にワンパターンなわけよ。まず胸の大きな子だろう、天然ボケの子だろう——」

そういう出方をしたか、と総一郎は眉をひそめて聞いていた。きっと今のヨコケンには、すべての男が恋敵なのだ。なんだか痛々しく思えた。人を好きになると、ヨコケンのような遊び人までがうぶになる。

「ふうん、三田君って、見かけによらないのね」

クロチェが犬の背中を撫でながら、気のない返事をする。クロチェは、目の前の男二人にまるで関心がなさそうだ。ヨコケンの恋は、傍目《はため》にも期待薄だ。

無線機から演歌が聞こえた。白鳥がやってきたのだ。車が停止し、ドアが開く音がした。また路上に痰を吐く。クロチェが顔をしかめた。

この夜も客が紹介された。フルテツではなく、常連客の一人が連れてきた新顔のようだ。

（横浜でチャイナ・トレーディングという会社を経営なさっている王明徳《ワンミンドウ》さんと、

張孝賢《チャンシャオシエン》さんです）

会社と名前から察するに、中国人貿易商なのだろう。外国人特有のイントネーションはあるものの、流暢《りゅうちょう》な日本語で挨拶《あいさつ》した。

（前から会員制のカジノに興味がおありで、ついでに絵画投資の話をしたら、もっと乗り気になられて）

「なにがカジノだ。時代遅れの丁半賭博じゃねえか」ヨコケンが茶々をいれる。

「ヨコチン、うるさい」とクロチェに叱《しか》られた。

白鳥のセールストークがはじまった。格好のカモを得て色めき立っている様子だった。

値上がりは確実で、うまくいけば配当は二百パーセントになる。アメリカは新規参入の画商が増えたため、業界全体が自衛上価格を上げている——。ほんとかよ、と言いたくなる甘言を並べ立てていた。

（上海《シャンハイ》もアメリカ以上の好景気ですよ。美術品が高値で売買されています）中国人が言った。

（ええ、そのとおりで）白鳥の声がいっそう華やぐ。

（先日も日本の壺や掛け軸をオークションにかけて、総額三億円の商いになりました）

中国人貿易商はよほど金回りがいいらしく、景気のいい話がぽんぽんと飛び出した。

「お金って、あるところにはあるんですね」総一郎が吐息をつく。

「よく言うよ。大手の商社マンが」とクロチェ。

「会社は金持ちでも、ぼくの手取りは二十ウン万円です」

「しっ」クロチェに手で口をふさがれた。甘い匂いが鼻に香る。ヨコケンの表情が一瞬にして曇った。

（それでは我々で十口ほど投資したいのですが、まだ枠は空いてますか？）

（大丈夫です。まだ間に合います）

白鳥が落ち着き払って言う。きっと内心は小躍りしているはずだ。

「ワオ。来るなり一億かよ」

「ヨコチン、うるさい」ヨコケンはまた叱られた。

（じゃあ、そろそろ内覧会の手筈《てはず》を整えましょう。十億の枠まであと少しですが、ここにいるみなさんで少しずつ増資していただければ……）

（絵はどこにあるの？）誰かが聞く。

（それぞれ持ち主の手元にあるのですが、内覧会のときだけわたしが借り受けてきます）

嘘をつけ。あんたの画廊の地下にある二級品だろう。総一郎は心の中でつぶやいた。

（十二月の第二金曜日はどうですか。縁起のいい大安ということで。場所はうちの画廊か、あるいはここでもいいですけど）

（ちょうどカジノの定例日だから、ここにしましょう。みなさん、夜の方が都合もつくだろうし。白鳥社長、ご面倒ですが運び入れてもらえますか）フルテツが言った。

（わかりました。ユトリロやルノアールなので、すべて揃《そろ》うとは限りませんが、とりあえず、ペーパー商法ではないという証明の意味でご覧に入れます。なんでしたら専門家を同伴していただいても結構です）

（あ、そう。じゃあうちの小学生の娘、絵画教室に通ってるから）

誰かが冗談をいい、笑いが起こる。無線機から流れる声はどれも陽気だった。

それにしても、大金を預けるのに、なんと無警戒であることか。

詐欺というのは、きっと第一印象がすべてを左右するのだろう。白鳥武蔵は、賭場で気前よく金を遣うことで、周囲を信用させてしまったのだ。

「というわけで、十二月の第二金曜日までお休み。今日のところは、もう動きはないだろうし、帰ってもいいわよ」

クロチェがそう言い、「チャイナ・トレーディング、10」とメモ帳に記入する。欠伸をして、仰向けに寝転がった。犬が横に来て伏せをする。黒いハイネックセーターの胸がきれいに上を向いていた。

「よお、クロチェ。ここに寝泊まりしてんのか」とヨコケン。

「まさか。ベッドも何もないじゃない」

「だったら車で家まで送ってやるぜ」

「結構です。わたしも車で来てます」

「へえー、何に乗ってるのよ」

「なんだっていいでしょ」

「わかった。日産マーチだ。それも赤いボディ」

「あら、なんでわかったの」

ヨコケンが苦りきった顔をする。クロチェはまったく相手にしようとしなかった。同情しつつも、一方では少しだけ愉快でもあった。自分の手に入るはずもない女なら、ヨコケンの手にも入らない方が小気味いい。

「ミタゾウ、恵比寿ラーメン、行くぞ」ヨコケンが立ち上がって言った。

「ピザを食べたばかりじゃないですか」

「おれは食いたいの」

「一人で行けば」とクロチェ。くの字に丸まって犬と戯れている。

「じゃあやめた。ここにいる」

三人で無線機の音声を聞いていた。総一郎は、帰ろうかとも思ったが、寮に帰ったところですることがないのでそのまま残った。

たいした会話はなかったが、誰かといる時間は悪くない。

午前三時半を回ると、賭場の客たちが帰り始めた。最初に出てきたのは、白鳥と中国人貿易商を含む数人だった。中国人二人はイントネーションでわかった。

「それじゃあ、ここで」白鳥は地声が大きく、窓の外からも聞こえた。

総一郎がベランダに出る。クロチェとヨコケンがたばこをふかすので、きれいな空気を吸いたかったのだ。それと、一億円をポンと出す男たちを見てみたかった。

手摺《てす》りに肘をつき、通りを見下ろす。白鳥がベントレーで去っていった。ほかの男たちもそれぞれの車で散っていく。中国人二人はしばらく歩き、少し離れた場所に停めてあったメルセデスのSクラスに乗り込んだ。みなさん、お金持ちで。総一郎がひとりごちる。

メルセデスはなかなか発進しなかった。エンジンもかからない。なんだろうと目を凝らす。男たちは車の中で、何をするでもなく座っていた。前方を凝視している。その視線の先はメゾンド南青山のエントランスだった。

「ねえ、寒い」部屋の中からクロチェが文句を言った。

窓を閉める。再び男たちを観察した。すると気になったのか、クロチェがベランダに出てきた。

「三田君、さっきから何を見てるの？」

「あの黒っぽいベンツ、賭場にいた中国人の二人組が乗ってるんですけど、なかなか動き出さないんですよ」

「キスでもしてるんじゃないの」

「あ、そうか。キスしてるのか」

「あんたも乗るねえ」クロチェが身をかがめ、手摺りに顎を載せた。「ふうん、なんだろう。怪しいね」

「おい、何してんだよ」ヨコケンも現れた。総一郎が説明する。「野郎同士のカーセックスだろう」

クロチェが不快そうに眉を寄せた。

中国人の二人組は、マンションから出てくる賭場の客たちをじっと見ていた。そして最後にフルテツが立ち去るのを見届けると、エンジンが始動し、車はゆっくりと発進した。

後をつけるという感じはなかった。悠然とした走りだったのだ。

「なんでしょうね」

「さあ、わかんない」

それ以上、会話は続かなかった。考えてもわかるわけがないからだ。

「おい、三田物産の三田さんよ。最近おまえ生き生きしてないか」

今岡が、まるでそれが悪いことでもあるかのように、にらみつけて言った。

「彼女でもできたんじゃないの」

派遣社員の女子まで、疑わしい目を向ける。ダメ社員は、暗い顔で机に向かっていなければならないとでも言うのだろうか。

「そうですか、普通ですよ」

総一郎は無視してパソコンの画面に見入った。「チャイナ・トレーディング」で検索したら、台湾は台北《タイペイ》市警察局のホームページにその名があったのだ。

昨夜のことが気になり、なんとなくのぞいてみた。初対面の相手に大金をポンと出すのも、普通のこととは思えなかった。

中国語なのでよくはわからなかった。漢字ならばおおよそ想像はつくだろうと高をくくっていたが、旧字も入っていて総一郎の手に負えなかった。

「警方査緝職業賭場　躲警賭客爬牆摔　斷腿」

最初の見出しでお手上げだ。同じフロアに中国人の女子社員がいたが、頼むのは気がひけた。一度食事に誘って、紹興酒をスカートにぶちまけたことがあるのだ。

ただ「賭場」という文字だけは読めた。そして警察のホームページに載るということは、よくない経歴を持つ会社である可能性が高かった。

台湾で賭場を開いて検挙された過去でもあるのだろうか。どのみち、違法なギャンブルに首を突っ込むくらいだから、ろくな人間たちではない。

「三田ァ。中国語の勉強か」課長にうしろから頭をつつかれた。あわててホームページを閉じる。「相変わらずの集中力だな。なんべん呼んでも返事もしない」

「すいません」総一郎はしおらしく頭を下げた。

「出張、行ってくれ。名古屋支社へ一週間。同期のやつがそこにいてな、人手が足りないって泣いてたから、おお、うちに暇な課員が約一名いるから好きに使ってくれって言ったんだ」

「あの、ええと……」困った。今、東京を離れるわけにはいかない。「無理です」思い切って断った。

「あ？　ふざけるなよ。おれの命令に逆らうのか」

「でも本来の業務じゃないみたいだし、組合と相談して……」

課長が顔色を変えた。「おまえ、国後には手漕《てこ》ぎボートで行かせるからな」目を吊《つ》り上げて自分の席に戻っていった。

退社は決定的だな。ため息をついた。両親の顔が浮かぶ。いいか、自分の人生だ。

人のために生きているわけじゃない。

ケータイが鳴る。クロチェからだった。かけてくるのは初めてだ。

「今夜、空いてる？　ちょっと頼みたいことがあるんだ」

「いいですけど、何ですか？」

「会ったとき話す。それからヨコチンには言わなくていい。三人でぞろぞろ行くようなことでもないし」

可哀想《かわいそう》に。ヨコケンが知ったら落ち込むことだろう。

時間と場所を告げられ電話は切れた。相変わらずの愛想なしだ。今度ヨコケンに言おう。あの子は諦めた方がいいですよ、と。クロチェに合う恋人など、自分には想像もつかない。

トイレに行く振りをして応接室に入った。ソファに横になる。会社での昼寝が日課になってしまった。

9

神宮前のイタリアン・レストランの、地下一階のバーだった。プールと呼んでいいほどの水槽があり、やる気のないワニが浮かんでいる。

クロチェのような人種は、どうやってこういう洒落《しやれ》た店を見つけてくるのか。腕時計は午後十時を指していた。ふつうなら閉店の時間だ。

「そのステンカラーコート、素敵よ」クロチェが言った。「ストライプのネクタイも」

「レジメンタル・タイって言うんです」

「ふうん。高田馬場《たかだのばば》あたりに行くと、今でもいそうね」

褒められているのか、からかわれているのか、判断がつかなかった。クロチェは、生ハムをつまみながらシャンパンを飲んでいた。倣《なら》って同じものを頼む。周囲の客がクロチェを盗み見ているのがわかった。女性客の中で、飛び抜けてきれいだからだ。

「三田君、ヨコチンとはどういう知り合いなの？」

「横山君の主催するパーティーで知り合ったんですけど」詳細は省いた。説明がややこしい。

「ふうん。いいコンビよね」一人掛けのソファにもたれ、指で髪をすいている。あの髪を撫でるのはどんな男だろう。ついそんな想像をしてしまう。

きしめんのようなパスタが出てきたので食べた。クロチェが勝手に注文したものだ。

「ところで、用件って何ですか？」ナプキンで口を拭《ぬぐ》って聞く。

「白鳥のギャラリーに忍び込んで、ジュラルミン・ケースのメーカーと型番を調べてくるの」

「十億円を詰めるケースですね」

「そう。タケシに頼んだんだけど、馬鹿だからＪＩＳマークをメーカー名と勘違いしてるの。自分の目で確かめないと安心できない」

白鳥が集金し、ジュラルミン・ケースが満杯になるごとに偽物とすり替える、というのがクロチェの立てた計画だ。同時に、白鳥を悔しがらせたいらしい。「ダミーを開けたときどんな顔をするか、あとでタケシに報告させるの」前にそんなことを言っていた。

「同じものを十個揃えるとなると、結構お金がかかりますね」

「平気。二束抜いたから」クロチェが食べながら言う。

「やっぱり抜いてたんですね」

「文句ある？」口の端だけで微笑み、顎を突き出した。脂で唇が光っている。なんだか、なまめかしかった。

食事が終わると、クロチェは「ごちそうさま」とひとりごとのように言い、化粧室へと立った。入れ替わりにボーイが勘定書を持ってやってくる。

こっちが払うわけ？　総一郎は渋々カードで支払いを済ませた。

店の外に出ると、ボーイがクロチェの車を駐車場から回してきた。「ありがとう」と笑みを投げかける。クロチェは男を使うのが堂に入っている。

「これ、なんていう車ですか」

「アルファロメオ。男の子が知らないの？」

「車に詳しくないから」助手席に乗り込んだ。パソコンのマウスを思わせる丸いボディの車が、甲高いエンジン音を響かせ発進する。

総一郎は車の免許を持っていない。「過集中症」のせいで、周囲が見えなくなってしまうからだ。ハンドルを握ったら五秒で事故を起こすことだろう。二十五歳の男で免許がないというのは、かなりのコンプレックスだ。

赤いアルファロメオは青山通りを疾走した。「邪魔ね、このタクシー」クロチェが毒づきながら追い越しをかける。クロチェの運転には性格がにじみ出ていた。

赤坂御用地の前を右折し、薬研坂《やげんざか》を駆け上がった。寺の建ち並ぶ路地に入ると、人通りがすっかり消え、幹線道路の車の音も聞こえてこなかった。ＴＢＳの巨大なビルが月明かりを遮っている。

見るからに高級そうなマンションの前に車が停まった。「ここよ」クロチェが顎で指す。一階は店舗テナントで、格子のシャッターの向こうに小さな照明が灯っていた。目を凝らすと、左端のショーウインドウに「白鳥アールヴィヴァン」の文字が見えた。

「鍵はあるんですか？」

「もちろん。警報装置も切ってある、はず。タケシの脳味噌《のうみそ》が鶏じゃなければ」

車を降りる。クロチェがトランクを開け、バッグから懐中電灯を取り出した。のぞきこむと、ガスマスクやら催涙スプレーやら警棒やら、護身具の類《たぐい》がいっぱい入っていた。

「いつも積んであるんですか」

「女が丸腰でどうするのよ」クロチェは、当然という顔をしていた。拳銃《けんじゅう》がないだけましか。

シャッターを持ち上げ、ガラスの扉を開く。入る前にクロチェが天井を見上げた。

「オッケー。切ってある」セキュリティ・システムのランプは点いていなかった。

ふかふかの絨毯の上を、忍び足で進む。壁に並んだ絵画が、フットランプの弱い明かりを浴び、薄闇《うすやみ》の中に浮かんでいた。ギャラリーは十五畳ほどの広さしかなかった。インチキ商売だからこんなものなのだろう。

ただし奥の応接室は豪華だった。クロチェが向ける懐中電灯に、革製のソファや大理石のテーブルが照らし出される。天井にはシャンデリアが吊り下げられていた。

「いい趣味でしょ」クロチェが皮肉めかして言った。

さらに進むと事務室があった。総理大臣だって遠慮しそうな重厚なデスクが鎮座している。椅子の背もたれはジャイアント馬場でもおつりがくる高さだ。

「こっち、こっち」クロチェが手招きする先に、地下室へのドアがあった。

鍵を開ける。そっとドアを引くとすぐに階段が見えた。

「電気、点けないんですか」

「半地下で明かり採りの窓があるらしいのよ」

仕方がないので、クロチェの照らす懐中電灯を頼りに階段を降りた。

地下室には大きなラックがあり、布をかけられた額がたくさん立てかけられていた。有名画家の二流品というのがこれだろう。そしていちばん奥に、銀色に輝くジュラルミン・ケースが積んであった。「これ、これ」クロチェがささやくように言った。

総一郎がそのうちのひとつを持ち上げ、床に降ろす。軽いので拍子抜けした。

「意外に軽いんですね」

「だってジュラルミンだもん。空で重かったら、札束が入ったときどうするのよ」

クロチェが懐中電灯を当て、メーカー名と型番を調べた。

ハンドルのところにプレートが付いていて、「SANKYO JC40578950M」と刻印してあった。

「長い型番」クロチェが低い声でつぶやく。「念のために寸法も測るね」ポケットからメジャーを取り出した。

「しまった。手帳を車に忘れた。三田君。ペンと紙、持ってない？」

「ぼくもリュックは車の中です」

「じゃあ取ってきて」

「覚えますよ、それくらい」面倒くさいのでそう言った。

「横着しないの。間違えたら事でしょう」

「大丈夫ですよ。サンキョーの『JC4057895OM』。あとは縦横高さの数字でしょ」

クロチェが動きを止める。ゆっくりと顔を上げた。「ねえ、もう一回言ってくれる？」クロチェが、懐中電灯をプレートに当てて確認する。総一郎は型番を答えた。

しばしの沈黙。「聞いていい？」

「どうぞ」

「あなた、一瞬見ただけでしょう。それも離れていて」

「たかだかアルファベット三文字と、八桁の数字ですから」

「それにしたって――」

クロチェは、総一郎の顔をまじまじと見つめた。何か言葉を探している様子だった。

「さあ、測ってください。覚えますから」

クロチェが難しい表情で、ケースにメジャーを当てている。縦横高さを、ミリ単位で数字を読み上げた。

「覚えた？」

「覚えました」

「車に戻るまで、忘れないでいられる？」

「半年ぐらいなら覚えてます」

クロチェがまた黙る。「そういえば、この前も、一瞬で暗算してたよね」

「暗記とか計算とか、わりと得意なんですよ」

「わりとって、ずいぶん控え目じゃない」

「じゃあ、かなり得意です」

ライトを顔に向けられた。眩《まぶ》しくて顔をそむける。

「ふうん、いろんな人がいるのね」唇をすぼめ、肩を軽く持ち上げていた。

ジュラルミン・ケースを元に戻し、忘れ物がないか確認する。

「あら」クロチェが小さく声を発した。着信ランプが瞬《また》くケータイをポケットから取り出した。

画面を見ている。「また、ヨコチンの馬鹿だ」不愉快そうに電源を切った。

「何か用なんじゃないですか？」

「ううん。ナントカのライブがあるから見に行こうとか、どこそこのクラブに芸能人が集まってるから出てこないかとか、そういう遊びの誘い。なれなれしい。なんか勘違いしてるんじゃないの。三田君、今度会ったら言っておいて。公私混同しないでくれるって」

そうか、ヨコケンはデートに誘おうと懸命なのか。今頃、青山界隈で、クロチェのことを考えているのだ。

「横山君は、タイプじゃないですか？」ついそんなことを聞いてしまった。

「そういう問題じゃない。君たちとは便宜上、付き合ってるだけ。タイプも何もないの」

「そうですか」吐息が漏れた。クロチェだって鈍い女ではない。ヨコケンが自分に気があることぐらい、とっくに感じているのだろう。

「なによ、ため息なんかついちゃって。勘弁してよ。これから大仕事があるっていうのに」

「じゃあ横山君には言っておきます。黒川さんに妙な気は起こすなって」

クロチェが髪をかき上げる。しばらく間を置き、小さく苦笑した。

「三田君って、おかしいね」

返事に困り、頬をひきつらせた。

「ねえ、キスしようか」

「はい？」

「キスしてあげる」クロチェが微笑んでいる。長い睫毛が揺れていた。

「いや、でも……」総一郎は突然のことに戸惑った。

「いいじゃない。キスぐらい」

クロチェが懐中電灯を消した。暗闇の中、クロチェの体温が総一郎に覆いかぶさった。

甘い香りが鼻先に広がる。口が塞《ふさ》がれた。総一郎は棒立ちだ。

クロチェの舌が、するりと入ってきた。ペロンと自分の舌を撫でられる。

一瞬にして総一郎の全身は熱く火照《ほて》った。まるで七月のワイキキビーチに、ワープでもしたかのように。

10

「おいミタゾウ、聞いてくれよ。ゆうべパーティーを開いたら、どこかの安サラリーマンが交ざっちまってよォ、料理が少ねえだの、水割りが薄いだの文句をつけやがんの。おまけに女の質がちょいと落ちたんだよなあ、ゆうべは。サクラが間に合わなくて、ちっこい目のブスがテーブルに並んじゃって——。ま、怒るのも無理はねえかな。でもよォ、ほかの客の前で金返せとまで言われると、こっちも穏やかではいられないわけよ」

いつもの部屋でヨコケンがしゃべっていた。十二月の第二金曜。今夜、賭場では絵画の内覧会が行われる。外は木枯らしが吹いていた。

「それで、おれもちょいと地が出てね、控え室で話し合いましょう、なんて裏へ案内して。向こうは三人だから威勢がいいわけよ、金を返さねえと暴れるぞって。おれはいきなり啖呵《たんか》を切ってやったね。おう、堅気衆は堅気らしくしてな。こっちもケツ持ちもなしに渋谷でパーティー開いてるわけじゃねえぞ。なんなら若い者引き連れて、てめえらの会社に乗り込んでナシつけてやろうか？　なんて調子でさ。そしたら連中、いっぺんに青ざめて、そそくさと逃げだしやがんの、ははは」

ヨコケンの高笑いが天井に響く。クロチェは寝転がって、雑誌をめくっていた。

「クロチェにも見せたかったなあ。おれね、この界隈では結構顔が利くんだぜ。高校の頃から『横山相談所』って呼ばれててさ。なんか揉《も》め事でもあったら遠慮なく言ってよ。電話一本でかけつけてあげるから」

「あ、そう」クロチェは見向きもしない。今日は眼鏡《めがね》をかけていた。読書用だろうか。銀縁の丸い眼鏡が似合っていた。

キスの感触は、まだ総一郎の唇に残っている。クロチェの発した甘い匂いも。仕事中ふと記憶が甦り、体が熱くなることがあった。

ヨコケンが知ったら、一週間は寝込むだろう。なんだか気の毒になった。

もちろん、クロチェの気まぐれだとわかっていた。彼女は何事もなかったかのように振舞っている。美人は得だ。たいていのことが許される。

無線機から演歌が聞こえた。いつもより早い時間だ。クロチェが起き上がり、眼鏡を外す。

(パパ、重いから一人じゃ運べないよ) タケシの幼い声がした。今日はお供をさせられているらしい。

(向こうの若い衆が出てくるさ。こっちは指示してりゃあいい。それよりタケシ、散髪に行ってこいって言っただろう)

(だって、もう少し伸ばしてベッカムみたいにしたいんだもん)

(誰だそれは。競馬のジョッキーか)

「恥ずかしい親子」クロチェが顔をしかめた。

モニターに大きなワゴン車が映った。マンションの正面に停車する。

「ワオ。バンまでベンツだぜ。金持ちはなんでも派手だね」とヨコケン。

すぐにフルテツの子分たちが出てきた。うしろの扉を開け、絵画を運び出し始めた。すべて木枠に収められている。

(こいつは一点二億だから、慎重に頼むよ)

白鳥が言う。「嘘ばっかり」とクロチェが吐き捨てるように言った。

その間にも客が続々とやってきた。例の中国人二人組もいた。

(白鳥先生、残りの枠はありますか?)

（ええ、あと二口だけですが）

（早く契約しましょう。もう金の用意をしてあるので）

（そうですか。さすがは四千年の歴史。中国の方々は決断と実行が早い）

白鳥が大袈裟《おおげさ》に持ち上げる。内心はうれしくて飛び上がりたい気分だろう。

ふと、台北市警察局のホームページに「チャイナ・トレーディング」の名があったことを総一郎は思い出す。賭博のプロはなかなか思い切りがよさそうだ。

白鳥がほかの出資者に増資を呼びかけると、実物を見て気が大きくなったのか、二名が名乗り出て、残りの二千万円が埋まった。これで十億円に到達したのだ。

酒を酌み交わしながらの内覧会となった。

（各絵画の前に鑑定書を置きますので、それぞれご確認ください）

白鳥のセールストークだ。浪曲師のようなダミ声だった。

（パリの鑑定会が発行したもので、高名な鑑定士の署名入りです）

二級品でも贋作《がんさく》ではなさそうだ。

（これらは、バブルのころ日本に入ってきたものですが、土地を売買したときの差額に当てられた絵画でございます。そうやって不動産会社から不動産会社へと回った美術品は、いわば裏のルートに乗ったものとして扱われています。つまり書面上は存在せず、国税局はまったく把握していません）

（ほう）と感心する声があがる。みんな税務署が嫌いなのだ。

（今後の売買においては、すべて海外の画商をターゲットとし、入金はいったんスイスの銀行を通して、いわゆるマネーロンダリングをいたします。したがってみなさんの利益には一切の税金がかかりません）

「結構、説得力ありますね」総一郎が小声で言った。

「だって、口先三寸で生きてきた男だもん」クロチェが口をとがらせる。

（ですから、取引はすべて現金ということでお願いいたしております。小切手や手形は記録が残るので、もしものときに危険です）

（ああ、そうだね。うちなんか査察が入って、銀行の取引記録を全部調べられたことがあるよ）

誰かが言った。うちも、うちも、とみなが声をあげる。

（いいよ、うちは現金で。五口だから、すぐにでも用意できるよ）

（ありがとうございます）

（うちは、次の会合のときに持ってきます）。そう言ったのは中国人貿易商だった。一億円を自分たちで運ぶというのだ。（一斉に契約しませんか。我々は共同出資者になるわけだし、絆《きずな》を深めるという意味でも）

（いや、そうしていただけると、こちらは助かりますが……）

（ほかの人間もちゃんと出資するところを確認したいんじゃないの？　中国の人はシビアだから）。誰かが冗談口調で言う。

（いやいや、調印とか取引は衆目の前でやるものなのよ。中国では）。同意する人間もいた。

（うちは持参するよ。たかだか三口だし）

会話が入り組んできた。およそ二十人が勝手にしゃべっている。

（もしそうするのなら、うちの若いのを警護で派遣しますよ）。声の主はフルテツだった。（言ってください。運転もさせますから）

（それなら頼もうかな。事務所で渡すと従業員に白い目で見られるし。古谷さんが守ってくれるなら、いちばん安全だ）

（じゃあわたしも。こっちは店舗だから女房にばれる）

三人で顔を見合わせた。どうやらあの部屋に十億円が集まりそうな気配なのだ。

「なんか、すごいことになりそうですね」総一郎が言った。

「そんな大金、よく持ち歩くよな。こいつら」ヨコケンが顔を上気させる。

「どっちにしても、わたしたちがいただくのは白鳥の手に渡ってから。関係ないわよ」

「賭場って、金銭感覚が狂うんですね」

大に」

「元々狂ってるやつが博打をするの」とヨコケン。

（それでは、まとめて契約することにいたしましょう。全員が見ている前で、公明正大に）

白鳥の声がさらに大きくなる。盗聴器付き電卓の入ったバッグを開けたのだ。がさがさという音がする。手帳をめくっている感じだ。

（十二月十四日の火曜日。深夜零時にこの場所ということで）

（うん、いいよ）

（全員いた方が安心だ。こっちもいいですよ）

（決まりましたね。シャンパンでも開けましょうか）

フルテツが子分に言いつけ、そののちポンという栓の抜ける音がした。

（乾杯！）

しばしののち、拍手が起きる。男たちの談笑が始まった。

「こっちも決まったね」クロチェが口の端に笑みを浮かべて言った。「クリスマスには億万長者になってるわね、わたしたち」

「ワオ。ベンツのＳＬを予約しとかねえとな」ヨコケンが眉を上下に揺らす。

「じゃあ、乾杯でもします？　ウーロン茶しかないですけど」

「しよう、しよう」珍しくクロチェがはしゃいでいた。

紙コップにウーロン茶を注いだ。三人で車座になる。犬も来た。

「それでは、計画の成功を祈って」ヨコケンが音頭をとった。

「カンパーイ！」

クロチェが笑った。初めて見せた、無邪気な笑顔だった。

第三章

I

ハーブの香りが鼻をツンと刺激した。女のてのひらが、頬《ほお》から目尻へとゆっくり肌を引っ張っていく。

「ローズマリーの天然オイルは、フェイスラインを引き締めるんですよ」

エステティシャンが言うのを、意識の端で聞いていた。黒川千恵は目を閉じ、睡眠と覚醒《かくせい》の間を行ったり来たりしている。ここのところ生活がすっかり夜型で、美容のことが心配だ。

もう二十五歳だ。足を掻《か》いても、ポリポリといい音がしなくなった。シャワーを浴びても、ひと振りで水滴が弾《はじ》け飛んでくれなくなった。なにより面白くないのは、自分より若い女が年々増えていることだ。

「千恵さん、いつ触ってもきれいなお肌」

エステティシャンの言葉を聞き流す。もう少し気の利いた褒め方をしてほしいものだ。小顔だから美容液も少量で済む、とか。

「おかあさまの血を引いてらっしゃるのね」

毎度の台詞《せりふ》にうんざりする。自分は誰の血もいらない。天から降ってきた。そういうことにしてほしいものだ。

「千恵、感謝してよね」隣のリクライニングチェアでママが言った。「夜遊びしても肌が荒れないなんて、元がいいからなのよ」

この子ったら朝帰りがしょっちゅうなの、そんな会話をエステティシャンたちと交わしている。ママは週に三日、代官山のエステティックサロンに通っていた。そのうち一回は、千恵が誘われた。

両親が離婚して七年。その間、ママは働いたことがない。白鳥から毎月振り込まれる生活費に、頼りきった人生を送っている。もっとも自分も似たようなものだ。高校時代からモデルの仕事をしてきたが、今は開店休業状態だ。笑って、と言われて笑うのが面倒なのだ。損をした気になる。

仕事なんかなくてもいい。自分には遊んで暮らせる自信がある。パーティーの招状は毎週のように届くし、デートの誘いは毎日だ。必要なのは、下界が見下ろせる二百平米以上のマンションと、下々の車に割り込まれない高級車、着回しなどしなくていいワードローブ、それらを手に入れるためのお金だ。

ただ、無職は体裁が悪いので、カフェでも開こうかとも思っている。もちろん人を使って。田舎者《いなかもの》が入れない、思い切り敷居の高い店を。

「千恵、お昼はウェスティンの龍天門にしない？」

ママの声は酒焼けしたホステスのように野太い。おまけに地声も大きくて、白鳥と一緒だ。

「食欲ない」

「だめよ。あなた、朝も食べてないでしょう。シュウマイをつまむぐらいでもいいから」

子供の頃、少女の誰もがそうするように、ママにパパとの馴《な》れ初めを聞いた。「パーティーで見初められたの」と言っていた。絶対に嘘《うそ》だ。独身時代のママは水商売ではないかと千恵はにらんでいる。スケベな客が、白鳥だったのだ。

エステのあとは、ホテルの中華レストランで飲茶《ヤムチャ》を食べた。客の大半は暇をもてあました専業主婦たちだ。こんな女どもに給料をせっせと運ぶ男とは、なんて哀れな生き物なのかと思う。自分は絶対にこの輪には加わりたくない。だいいち結婚も出産も、考えたことがない。自分が妻になったり母になったりする姿が、ひとつも想像できないのだ。

「このちまき、おいしいわあ」

ママが頬張って言う。怠惰な人生を送っている割りに太っていない点だけは、褒めてやってもいい。見栄が食欲に勝っているのだろう。

「三越の佐藤さん、エルメスの新作が入ったから届けてくれるって。千恵も見る？」

「そんなお金あるわけ？」千恵は眉《まゆ》をひそめた。

「大丈夫。先月はおとなしくしてたから」

ママはデパート外商部の顧客リストに名前が載っていて、スカーフ一枚を届けさせる。一度貴族の気分を味わうと、人ごみの中で買い物をするのが馬鹿らしくなるようだ。

白鳥が破産したら、ママも路頭に迷うのかな。千恵はそんなことを考えたりもする。でも知ったことではない。自業自得だ。

「恵比寿ガーデンシネマで映画でも観ようか」とママ。

「何やってるの？」

「知らないけど」

「どうせまたウディ・アレンでしょ。興味ない」

食欲がないはずが、五皿も食べた。デザートにマンゴープリンも。スポーツジムでエアロバイクでも漕《こ》ぐことにしよう。白人のインストラクターが、毎回食事に誘おうとするのがうるさいけれど。

食事を終えると、アルファロメオでママを友人とやらが経営するブティックに送った。似た人間はどこにでもいるもので、暇と金だけはある離婚したマダムがそこに溜《た》まって、日がな一日おしゃべりをしているらしい。

家を出ると言ったら、ママは反対するだろう。自分が淋《さび》しいという理由で。

「うっとうしいなあ」千恵はひとりごとを言い、ハンドルを右に切った。車線変更して、アクセルを吹かす。前方にのろい宅配便トラックがいたのだ。

勢いよく追い越し、青山通りを走った。冬の日射が降り注ぐ中、街路樹に飾られた赤と緑のリボンが目にまぶしかった。歩道を行く若いカップルたちも、心なしか楽しげに見える。もうすぐ、クリスマスだ。

「邪魔、邪魔」

千恵は、クラクションを鳴らした。おばさんの運転する車が割り込もうとしたからだ。

ジュラルミン・ケースは販売店に届けさせた。マンションの狭い部屋に、無機質な箱が十個、積み上げられている。中には週刊誌を詰めた。重さが適当だったからだ。弟のタケシに手伝わせた。

午後十一時を回って、ヨコケンとミタゾウが現れた。

「おいクロチェ、ダットラだぞ。ダットサン・トラック。こんなの見たの、小学生以来だよ。まさかおれの人生で、ダットラを運転する日が来るとはなァ。チョークが付いてて、しかもフェンダーミラー」

言っていることがわからないので無視した。ミタゾウの実家が町工場だというので、幌《ほろ》付きのトラックを借りてきてもらったのだ。

「黒川さん、ついでに台車と毛布も持ってきました。むき出しで運ぶのは目立つから」ミタゾウは台車を手に提げていた。

「ありがとう、三田君」千恵がやさしく微笑《ほほえ》む。露骨な差別にヨコケンが顔色を変えた。

ストロベリーは二人に慣れたようで、短い尻尾《しっぽ》を立てて匂いを嗅《か》いでいた。ただしドーベルマンだけあって、じゃれたりはしない。仲間だと認めてやる、そんな態度だ。

「ところで、白鳥は金を盗まれたら警察に届けるわけ？」ヨコケンが聞いた。

「それは絶対にない。被害届を出すと、金の出所から遣い道まで探られるし、大々的なニュースになるし、白鳥にとって不利なことばかりでしょ」

「じゃあ破産して泣き寝入りですか」とミタゾウ。

「そういう玉じゃない。十億は痛手だけど、なんとかしてしまうタイプ」

「なんとかって？」

「踏み倒す。開き直る。もっとあくどい手口で挽回《ばんかい》する。最悪でも有り金持って女とハワイへ高飛び」

「ナイスなおとうさんじゃない」ヨコケンが皮肉めかして言った。

「だから遠慮は無用ってこと」

実際、白鳥の行く末など千恵の頭の中になかった。裸一貫でのしあがった男だ。神経はゴム製で、生命力はゴキブリ並みだ。

ケータイが鳴る。出るとタケシだった。「今、バンにケースを積んだところ」相変わらずの間延びした声だ。出がけに連絡を入れるよう、言いつけてあったのだ。

「白鳥は？」

「パパはトイレ」

「あんたは今夜、お伴をするわけ？」

「うん。運ぶのを手伝えって」

「じゃあ、地下室に運び入れたら一旦《いったん》帰る振りをして、近くからわたしのケータイに連絡を入れること。それから出るときは、白鳥に気づかれないようセキュリティ・システムをオフにすること」

「ちょっと待って。メモするから」

「覚えなさい、それくらい」つい声が刺々《とげとげ》しくなった。

タケシは愚弟を絵に描いたような男だ。子供の頃、二つ言いつけると必ずひとつは忘れたものだ。この先、一人前の男になれるのだろうか。親など知ったことではないが、姉弟となると別の感情が湧《わ》き起こる。六つも年下だと保護者の気分だ。

「そろそろ集合時間のようですよ」ミタゾウが言った。

モニターの前に腰を下ろす。画面に人影が映った。続々と高級車がマンション前に横付けされ、人が降りてくる。賭場《とば》の客たちが投資する金を持参して現れたのだ。

それぞれ、一見してやくざとわかる若い衆がお伴としてついていた。フルテツが、子分たちをボディガード役に派遣したらしい。

「もののしいですね」

「十億だもの、用心して当然よ」

落ち着いて言ったつもりが、声がうわずった。今夜実行に移すのかと思うと、さすがに気持ちが昂《たか》ぶる。二十五歳、女。なんと大それたことを——。ふと客観的になることもある。

普通の女の子なら、恋と枝毛の心配をしていればいい時期だ。合コンもパックツアーも、自分には無縁だ。もっとも「普通」なんてものに憧《あこが》れはない。平凡な人生などこちらから願い下げだ。

盗聴用の無線機から演歌が聞こえた。そろそろ到着するらしい。こんな日まで唄《うた》っているのだから、白鳥も豪気なものだ。

（ねえパパ。新しい車、買ってよ）。タケシが白鳥におねだりをしていた。

（何を言うか。今の車で充分だろう）

（だって遅いんだもん）

（気合を入れてアクセルを踏まんからだ）

「この馬鹿親子が」千恵は無線機に向かって吐き捨てた。

白鳥がマンション前に現れた。ダークスーツにネクタイという姿だった。ビジネスを気取っているのだろう。フルテツの若い衆が、車の荷台からジュラルミン・ケースを降ろす。向こうも同じことを考えているようで、黒い布を被《かぶ》せていた。通行人がいないときを見計らって、素早くマンションに運び入れた。

モニターを前にして、三人とも黙りこくっていた。ヨコケンが喉《のど》を鳴らす。ミタゾウは真剣な面持ちだ。千恵は偶然の出会いに小さく感謝した。一人じゃなくてよかった。

最後に中国人二人組がやってきた。インターネーションでわかった。

（一億円はさすがに重いですね。いっそ台湾ドルにして、コンテナで運ぼうかと思いました）

（がはは。米ドルならいいけど、そっちの通貨は勘弁してよ）

白鳥がヒキガエルのような声を出す。若い衆の何人かがその場で帰され、全員が四〇一号室に入っていった。

部屋の中は賑《にぎ》わっていた。三十人近くはいそうだ。ただし大声を出す者はない。深夜でもあり、それなりに警戒心が働いているようだ。酒が用意され、グラスと氷があちこちで鳴った。

（白鳥社長、早く受領証を切ってよ。大金持ってると落ち着かなくてさ）

誰かが催促し、早々と取引が始まる。テーブルに札束を積む音がした。いかにも隙《すき》間《ま》なく詰まっている響きだった。静かで、乾いている。無線機の向こうで私語が消えた。

「ぼく、バーバリーのコートを買います」ミタゾウが唐突に言った。

「イタリア物にしなさいよ。わたしが選んだげるから」千恵が答える。

「『ザガット』に載ってるレストラン、片っ端から予約しようぜ」ヨコケンは唇を舐《な》めて言った。

「ヨコチンの奢《おご》りね」

「ああ、いいぜ。まずは肉だな。サシの入った極上のサーロインを、ジュッと焼いて……」

少し落ちた。

ストロベリーが鼻をひくつかせる。そのタイミングがおかしくて、張っていた肩が少し落ちた。

紙をミシン目から切り離す音がした。（ではこれ、ヤマモトさんに）。白鳥が受領証を手渡す。うしろでは、タケシが札束をジュラルミン・ケースに詰めている様子が聞き取れた。

次々と契約が交わされていく。終了するのに一時間ほどかかった。その後、開帳したのには驚いた。せっかく来たんだし。誰かが言い出し、博打《ばくち》が始まったのだ。こんな夜に。男って生き物は、まったく——。

ヨコケンとミタゾウに見張りを頼み、少し仮眠をとった。ブランケットを体に巻きつけ、床で横になる。ストロベリーがそばについていてくれた。生き物の体温が心強かった。

浅い眠りの中、千恵は夢を見た。年に数回は現れる、いつもの夢だ。

小学校の運動会。着飾った両親が応援に来た。良家の子女が通う名門私立校で、二人のいでたちが周囲から浮いていることは、子供の目にもわかった。派手な帽子、これみよがしなアクセサリー。かつて鹿鳴館《ろくめいかん》に集った背伸びする日本人は、きっとこんな感じだったのだろう。

「千恵ちゃんのおとうさんとおかあさん、見つけやすいわね」級友に厭《いや》みを言われ、千恵は恥ずかしさで顔が真っ赤になった。「千恵、一等賞を取るんだぞ！　がはは」父の下品な声援が響き渡る。「千恵ちゃーん、がんばるのよー」母のハスキーな声は、ほかのおかあさんとちがって、夜の匂いがした。

校内なのに両親は平気でたばこをふかした。缶ビールの栓を抜いた。職員テントに樽酒《たるざけ》を差し入れ、教師たちを困惑させた。

家族で食べる弁当は料理屋の仕出しだった。刺身や鴨肉《かもにく》のローストが入った弁当を、千恵は手で隠して食べた。大人の味付けは、少しもおいしくなかった。父はくちゃくちゃと音を立てて食べ、大きなゲップを吐き、周りの顔をしかめさせた。千恵の一家を盗み見る視線には、嘲笑《ちようしよう》の色合いがあった。

早く食べ終わりたかったが、弁当は一向に減らなかった。重箱の底から湧き出るように、料理が次々と現れるのだ。「もういい」小学生の千恵が言う。「全部食べるまでだめだ」父の顔が急に怖くなる。最後には泣き出すというのが、毎度のパターンだ。

運動会の翌日、父が逮捕された。詐欺罪だった。夢の第二幕は早朝のシーンから始まる。執拗《しつよう》なチャイムの音。二階の窓から外をのぞくと、知らないおじさんたちが家を取り囲んでいた。パトカーが二台。警察は早朝に来る。千恵はそれを小学生で知った。

父が開き直る。「証拠はあるのか、証拠は」と家中に響き渡る声で。刑事は「おい、二階に子供がいるんだろう」と低い声で諭した。母は青い顔でうろうろと歩き回っていた。

新聞に出たため、クラスの全員が知ることとなった。露骨ないじめはなかったが、遊び仲間はきれいにいなくなった。担任教師がよそよそしいのは、かなりのショックだった。

一月、登校拒否になった。学校側からはやんわりと転校を勧められ、母は拒んだ。「うちの千恵は清真女子の卒業生にするんです！」口をついて出た言葉は、ほとんど叫び声だった。

親を恨みはしない。甘えたことは言わない。ただ、一度たりとも親を愛せなかった、その事実が自分を憂鬱《ゆううつ》にする。快晴の日でも消えない雲がある。そんな感じだ。

「おい、クロチェ。そろそろお開きだぞ」ヨコケンの声がした。意識が色をつけていく。口の中に不快な苦味があった。思わず顔をしかめる。今年いっぱいでたばこはやめよう。千恵はそんなことを思った。

「人が出てきました。金を運び出すようです」ミタゾウが言った。「それから、黒川さんが寝ている間に、ぼくたちでダミーのケースはトラックに積み込みました」

「ありがとう。気が利くね」体を起こし、髪を左右に振った。

「横山君が言い出したんですよ」ミタゾウが相方を持ち上げると、ヨコケンは照れた顔で鼻を掻いていた。

這《は》うようにしてモニターの前に行く。エントランスに人影が映った。客が引き上げ始めているのだ。

ペットボトルのスポーツドリンクを飲んだ。水分が体に沁《し》みていく。腕時計を見ると、午前三時を指していた。大きく息を吐き、自分に気合を入れた。

三人でベランダに出た。鉢植えをカモフラージュにして、そっと顔を出す。

白鳥のバンが動いた。バックから歩道に乗り上げ、リアの扉が開いた。フルテツの子分たちが素早くジュラルミン・ケースを積んだ。

「こっちのトラックはどこ?」千恵が聞く。

「一本入った路地に停《と》めてあります」とミタゾウ。

「じゃあ、わたしたちも出発準備。どうせ行き先は画廊だから尾行する必要もないけど、念のため盗聴電波の届く範囲にいるようにしよう」

ストロベリーに伏せの姿勢を言いつけ、部屋をあとにした。弟から取り上げたMA-1に袖《そで》を通し、ファスナーを首元まで上げる。廊下を大股《おおまた》で歩いた。

　表玄関は避け、通用口から裏通りに出る。路上には古びた乗用車型のトラックが停まっていた。なんとなく懐かしかった。昔よく見た酒屋のトラックだ。ドアのところに《三田製作所》の文字がある。

「ところで三田君家《ち》って、何を作ってるの？」千恵が聞いた。

「鉛筆削り器です」

「鉛筆削り器って……こういうやつ？」ハンドルを回す手つきをした。

「いいえ、こういうやつです」ミタゾウが、鉛筆を差し込んでねじるジェスチャーをする。

「いいから行くぞ」ヨコケンが低く声を発した。運転席に乗り込み、エンジンをかけた。三人乗りのベンチシートは初めてだ。ミタゾウに譲られ、レディファーストのつもりで乗ったら、窮屈な真ん中の席になった。

　無線機をオンにする。白鳥のバンはすでに走り出したらしい。エンジン音と演歌が流れてくる。

「レッツゴー」千恵が拳《こぶし》を突き出した。

「アイアイサー」ヨコケンが海賊みたいな返事をした。

「このトラック、多少ぶつけても平気ですから」ミタゾウは頓珍漢《とんちんかん》だ。

　三人が一列に並んでいる。急にハイな気分になった。一人じゃなくて、やっぱりよかった。

2

赤坂の一ツ木通りに車を停め、連絡を待った。時間帯を考えると、近づくのは危険すぎる。おまけに高級マンションが並ぶ路地は、パトカーと擦れ違っただけで職務質問を受けそうだ。

ボディガードのつもりか、フルテツが同道していた。手下に指示する声が、無線機を通じて聞こえる。ジュラルミン・ケースを画廊に運び入れていた。その後、会話が消える。地下室に入ったのだろう。

「フルテツの野郎、すっかりパートナー気取りじゃねえか」とヨコケン。

「信じてないからよ、白鳥を」

「なるほど。そりゃそうだ」肩を揺すって笑っていた。

(コミッション料をいついただけるのか、お聞きしたいんですが)。しばらくして、フルテツの低い声がした。

(ああ、それは来週にでも。カジノの日に持っていくよ)。白鳥が答える。

(では約束どおり、五パーセントということで)

「フルテツめ、五千万もガメる気なのか」

「いいじゃない、そんなの。どうせなくなるわけだから」

運搬を終えると、フルテッたちは去っていった。いよいよだ。千恵はケータイを握り締めた。

気持ちを落ち着かせようと、たばこに火を点《つ》ける。

「この車、サンルーフはないの？」

「チョークを引いて始動する車だぞ」とヨコケン。しかたなく窓を少し開けてもらった。

タケシからの連絡はまだ来ない。そろそろ午前四時になろうとしていた。無線機からは、ガサゴソという物音ばかりが流れてくる。突然、白鳥の大きな声がした。（じゃあ帰るぞ）。千恵は思わず身を乗り出した。

（明日は午後からでいいぞ。おとうさんも用事はないし）

シャッターが閉められる。車のエンジン音が聞こえた。やがて音声が消える。白鳥が受信圏外に去ったのだ。

ケータイが鳴る。タケシからだった。

「一ツ木通りに停まってる。青のダットサン・トラック。探して来てちょうだい」千恵は指示を出した。

五分後、タケシが白い息を吐きながら現れた。ヨコケンとミタゾウにひょいと会釈する。

「セキュリティは解除した？」

「うん」伏し目がちに返事した。

「地下室で間違いないわね」

「うん。もう帰っていい？」タケシが言う。なんだか早くこの場を立ち去りたがっているように見えた。

手伝わせても足手まといになるだけだと思い、帰すことにした。

トラックを発進させ、画廊の前に横付けする。千恵がシャッターとドアを合鍵《あいかぎ》で開け、その間にヨコケンとミタゾウが荷台のケースを降ろした。人通りはない。誰にも見られていない。

マグライトで室内を照らす。前と変わったところはなかった。台車を使って、男二人が一気にケース十個を運び入れる。壮観だった。男は使いでがあると思った。

地下室の扉の前で一旦降ろす。先に中のケースを運び出し、同じ場所に積み上げる算段だ。

鍵を開け、三人で中に入る。そっと階段を降りた。

「この前来たときは、いちばん奥だったよね」千恵がミタゾウに向かって言った。

「そうです」

「この前？　何のことよ」うしろからヨコケンが小声で言った。

一瞬、言葉に詰まった。「ジュラルミン・ケースの型番を調べるとき、三田君に手伝ってもらったの」千恵の口調に小さな焦りの色が出た。

「そうなのか」ヨコケンがミタゾウに聞く。

「ええ、そうですけど」

「ヨコチンのケータイにもかけたけど、出なかったから」

千恵は見え透いた嘘をついた。着信記録を見ればわかってしまう。薄闇《うすやみ》の中で、ヨコケンが気分を害したのがわかった。

階段を降りて、明かり採りのかすかな光を頼りに歩を進めた。壁沿いに歩き、奥に突き当たる。しかしそこにケースはなかった。

ミタゾウと顔を見合わせる。ここだったよね、そう言いかけたとき、背中でカチャリと音がした。ドアが閉まったのだとすぐに判断できた。

振り返る。三人とも言葉を発しなかった。自然と閉まった？　そう思いたかった。

続いて、床がこすれる音がした。

その瞬間、千恵は血の気が引いた。誰かいる――。どうしよう。隠れていようか。馬鹿な。ケースがすぐ上に置いてある。侵入したことは、すでにばれているのだ。

脈が速くなる。階段を上がり、ノブに手をかけた。

ゆっくりと回し、体で押す。開かなかった。何かでドアを塞《ふさ》がれているのだ。ヨコケンとミタゾウが、すぐうしろで息を殺している。

「おい、千恵」ドア越しに声が響いた。低く重い声だった。

「パパ！」頭の中が真っ白になった。その場で凍りついた。

「親に向かってずいぶんな真似《まね》をしてくれるじゃないか。この恩知らずめ」

「おねえちゃん、ごめんね」今度は一転して幼い声だ。

「タケシ！」千恵は絶句した。

「おねえちゃんに言われたこと、忘れないようにてのひらにメモしたら、パパに見つかった」

気が遠のきかける。「馬鹿、馬鹿、馬鹿」ドアを叩《たた》いていた。

「親思いのタケシにはベンツを買ってやることにしたぞ」

「そんなもので寝返ったわけ？」顔が急激に熱くなった。「クズ。トンマ。あんたなんか牛に踏まれて死んじゃえ」

「おとうさんは肝を冷やしたぞ。タケシのメモに気づかなければ、あやうく破産するところじゃないか。あわてて裏口から外に出して、車に積み直して、とんだ重労働だ」

そうか、物音だけが聞こえたのはそのせいか。盗聴器もばれたのだ。

「千恵。いったい何が不満なんだ。月に二百万も生活費を渡してるだろう」

「二百万？」背中でヨコケンがつぶやいた。

「それっぽっちで、恩着せがましいこと言わないでよ。二百万なんて、ママが半月で遣っちゃうの」

「おい、クロチェ。話がちがうじゃねえか。前に聞いたときは、父親がろくすっぽ生活費もはらわないって——」

「ヨコチン、うるさい。外野は黙ってろ」千恵は声を荒らげた。

「そこにいるのが誰かは知らんがな。うちの娘に付き合うと碌《ろく》なことないぞ」

「とにかく開けてよ」

「だめだ。そこで一晩反省しろ。一流の絵画でも鑑賞して、心を入れ換えるんだな」

「パパが言うこと？　こんなガラクタ、カッターで切り刻んでやる」

「そんなことしたら親子でも許さんぞ。刑事告訴してブタ箱に放り込んでやる」

「ちょっと、開けてよ」

「だめだ」

「もう！」感情が込み上げてきた。「パパなんか大嫌い！　子供の頃から、一度だって好きになったことなんかないわよ。下品で、お金に汚くて、良心の欠片《かけら》もありゃしない。パパが刑務所から出てきた日のこと覚えてる？　わたしの引き出しの貯金を盗んで競輪に行ったでしょう」

「借りただけだ。だいいち返しただろう」

「たまたま勝ったからでしょう？　負けたら踏み倒すつもりだったのよ。そうに決まってる。あのお金はねえ、わたしがクレージュのワンピースを買おうと思って貯めてたお金なのよ。パパはそういう人の大事なお金を平気で盗める人間なの。人の願いとか、痛みとか、苦しみとか、まったく感じることができない人間なのよ」

唇が震えた。いくらでも言葉が出てきた。

「だいたいどうしてママと結婚して、わたしやタケシを産んだわけ？　どうせ成り行きでそうしただけでしょ？　家族なんか愛してないんだから。パパが好きなのは、お金だけだもんね。一億あっても、二億あっても満足しない。自分よりお金を持ってる人が気に食わなくて、お金で人を屈服させることが大好きで――」

ミタゾウが肩をつついた。手で払いのける。

「パパなんか絶対天国に行けないから。いったいどれだけの人間の恨みを買ってると思うのよ」

なおもミタゾウがつつく。振り返り、うるさいと言おうとしたら、青ざめた表情でドアの向こうを指さしていた。ヨコケンも身を硬くしている。

千恵は我に返った。「何よ」二人の顔をのぞきこんだ。

「誰か、別の人たちが来ているみたいです」ミタゾウが小声で言った。すぐには言っている意味がわからない。「……別の人？」

「確か『手を上げろ』って聞こえました」

無言で眉を寄せる。胸の中がザワザワと騒いだ。

耳を澄ませる。確かに人の声がした。白鳥とタケシ以外の、男の声だ。「中に誰かいるのか」落ち着き払った物言いだった。

千恵が振り返る。目で訴えると、二人は小刻みにうなずいた。イントネーションでわかった。賭場にいた中国人貿易商だ。

「先客だ。あんたらと同じように、金を強奪に来てな。捕まえて地下室に閉じ込めたんだ」白鳥が野太い声で言った。

「ふん。面白い冗談だ」二人組が鼻で笑う。「社長さん、食えない男だね」

「本当だ。最近の日本は物騒でな」

「ああ、わかった。じゃあその泥棒たちと今後のことでも相談するといいね」

ドアの向こうで物音がする。塞いでいた何かがどかされたのだ。ドアが開いた。千恵たちは思わず階段をあとずさった。中国人が二人、拳銃《けんじゅう》を構えているのが見えた。もちろん、初めての経験だ。もっと怖いのかと思ったら、そうでもなかった。呆気《あっけ》にとられていた。ヨコケンとミタゾウも言葉を失っていた。

一人が顔をのぞかせ、拳銃を向ける。「妙な気は起こさないことよ。おとなしくしてれば無傷でいられる」

三人揃《そろ》ってキツツキのように首を縦に振った。

「下まで降りて、手を頭のうしろで組むことね」そう言われ、黙って指示に従った。

「悪いね。本当は明け方に侵入してスマートに盗み出すつもりだったんだけど、あなたたち、なかなか帰らないどころか、内輪揉《うちわも》めをしてるしね。時間がなかったのよ」

「おい、内輪じゃないぞ」と白鳥。

「いいから黙ってなさい」

男たちは場慣れした様子だった。少しもあわてず、泰然と構えている。引き締まった体を黒いセーターとパンツで包んでいた。映画に出てきそうな窃盗団だ。

「じゃあ、社長さんと息子さんも地下室に入ることね」一人が顎《あご》をしゃくった。「ちなみに、追いかけても無駄だからね。日が昇る頃には、我々は日本にいない」

ミタゾウが用意した台車に、もう一人がジュラルミン・ケースを積んでいた。

「なあ、あんたたち。せめて二ケースほど置いていってくれないか」白鳥が言った。

「十億も獲られたら、こっちは首をくくるしかないだろう」苦しげに訴えている。

この役者が。中身がダミーだと知ってるだろう。千恵は腹の中で毒づいた。

「九億円。一億はもともと我々の金だ」

「それにしたって――」

　拳銃を突きつけられ、白鳥が階段を降りた。ドアが閉められる。また机か何かで塞がれた。

　気まずい空気が充満し、千恵たちは互いの顔を見なかった。沈黙が支配している。話すことなどなかった。

　中国人二人組がケースを運び出す。物音でわかった。しばらくして車が発進した。

「おい千恵、ちなみに中身は何だ」白鳥がぽつりと言った。

「週刊誌」不貞腐《ふてくさ》れて答えた。

「おれはついてるな」

　脂で額をてからせた中年男が、ひとりごとのようにつぶやいた。

　地下室からは十分ほどで脱出できた。工具箱にあったバールで、鍵をこじ開けたからだ。作業はミタゾウとヨコケンがやった。千恵の父親だからか、おとなしく指示に従った。

　千恵は虚脱感に襲われた。これまでやってきたことが、すべて水泡に帰してしまった。それというのも――。

　出るなり、タケシに向かって手招きした。頰を思い切りつねり上げる。「痛《い》てててて」

情けない声をあげていた。

もっとも、タケシが裏切らなければ、自分たちが中国人窃盗団に急襲され、金を奪われただろう。となると、誰に向かって怒りをぶつければいいのか。

千恵は手近なソファに腰を下ろし、盛大にため息をついた。足を投げ出す。ふくらはぎがパンパンに張っていた。ヨコケンとミタゾウは、所在なげに突っ立っている。

白鳥がどこかに電話をかけ始めた。こんな時間に？　そろそろ午前五時だ。

「あ、古谷さん？　もう寝てた？　こんな時間に申し訳ない。実は大変なことに……」

三人で顔を見合わせた。白鳥は何をするつもりか。

「客の中に中国人が二人いたでしょう。王ナントカと張ナントカっていう貿易商。……うん、うん。チャイナ・トレーディングとかいう会社の。その二人に、たった今、金を強奪されたんだよ」

声を震わせていた。白鳥の迫真の演技だった。顔まで青ざめている。

「連中、最初から、集めた金を奪うために近づいてきたんだよ。一億円の出資を餌《えさ》に、我々をすっかり信用させて。……そう、そう。拳銃だよ。事務所に乱入してきて、いきなり突きつけられて……。日が昇る頃には日本にいないとか言ってた。連中、どこかの港に船を待たせてるんじゃないのか。とにかく、今すぐ来てよ。あの中国人を連れてきたのは古谷さんの客だし、無関係じゃないでしょう。だいいちコミッションも払えなくなるよ」

千恵は啞然《あぜん》とした。この男は、五千万のマージンを踏み倒すために、さっきの出来事を利用しようとしている。たぶん出資金の返還についてもごねるだろう。被害者を演じるつもりなのだ。

「おい、十五分で古谷が来るぞ」電話を終えた白鳥が言った。「そっちの二人。詳しくは知らんが、古谷とは因縁があるんだろう？　タケシに聞いたが、カジノに忍び込んだそうじゃないか。顔を合わせるとまずいんじゃないのか」

ヨコケンが白鳥をにらみつける。「おい、帰ろうぜ」ポケットに手を突っ込み、肩を揺らして歩き出した。ミタゾウがあとに続く。

仕方なく、千恵も立ち上がった。ここにいても、することがない。

「おい、千恵。生活費は打ち切るからな」背中に白鳥の声が降りかかった。

「そういう話はママにどうぞ」振り返らずに答えた。

再びダットサン・トラックのシートに三人並ぶ。エンジンがなかなか暖まらず、ノッキングをしながら低速で路地を走行した。ヨコケンもミタゾウも黙りこくっている。

東の空にまだ朝の気配はない。十二月の太陽は、引っ込み思案の転校生のようだ。

「迂闊《うかつ》でした」ミタゾウがぽつりと言った。「チャイナ・トレーディングをインターネットで検索したことがあって、そのとき台北市警察局のホームページに載ってたんです。今にして思えば賭場荒らしだったたんですね。旧漢字ばかりで判読できなかったんです」

そんなことがあったのか。でも責める気などまるでなかった。こんな事態になるなんて、夢にも思わなかったのだから。

「しょうがねえよ。不可抗力よ」ヨコケンも同じ気持ちらしく、やさしく慰めた。

「あの中国人、今頃どうしてますかね」

「決まってるだろう。港で船に荷を積んでるさ」

千恵は深くシートにもたれかかり、二人の会話を聞いていた。

「中身が週刊誌だって、いつの時点でわかるんでしょうね」

「さあ。港で赤くなるか、それとも沖合いで青くなるか……」

「連中、絶対にまた現れますよ」

「なんで」

「だって十億のうちの一億は、元々自分たちの金なんですよ」

「ああ、そうだな」

「どんな手を使っても奪い返しに来ます。この先、白鳥は命だって危ないですよ」

「うん、そうだ」

二人が千恵を見る。答えなかった。気が沈んで、口を利く気力もない。

「となると、白鳥を見張っていれば、また中国人二人組に会えるということですが……」

「おまえ、会いたいのかよ」

「いいえ。連中に金を奪わせて、我々が横取りするという手もあるということです。そうすれば、白鳥には疑われません」

今度は千恵とヨコケンで、ミタゾウを見た。

「ミタゾウ、冴《さ》えてるじゃん。よし、こっちもリベンジといくか」

「十億ですからね。泣き寝入りはできません」

「ねえ君たち。あいつら、ピストル持ってるのよ」千恵が重い口を開いた。

「じゃあ、何か安全な作戦を立てましょう」

「ピストルぐらいいなんだ。おれはびびらなかったぜ」

つい苦笑した。自分も変だが、この二人はもっと変だ。

頭を左に傾《かし》げ、ミタゾウの肩に載せた。運転席でヨコケンが表情を曇らせたのがわかった。

東の空に、かすかなグラデーションがかかった。空気が澄んでいるので、星がダイヤのように煌《きら》めいている。ひとつぐらい自分のものにしたいな。そんなことを思う。

だんだん瞼《まぶた》が重くなってきた。

3

夜になってまた集合した。毎晩つるんで、まるで学生だ。

場所はいつものマンションにした。ついでにタケシも呼び出した。もちろん、吊《つ》るし上げるためだ。

「おねえちゃん。ストロベリー、どっかへやってよ」額に汗を浮かべ、壁に張り付いている。

「この馬鹿ブラザーが。てのひらにメモなんかして、ばれるに決まってるじゃない」

「ごめんよー」

「おまけに姉を売るような真似までして。ベンツなんか買ってもらったら絶交するからね」

「そんなァ。おねえちゃんも乗っていいから」

「うるさい」千恵は弟の耳を真上に引っ張ってやった。

「おい、クロチェ。姉弟喧嘩《げんか》してる場合じゃねえだろう」ヨコケンが横からいさめた。

「それよりミーティングだ」促され腰を下ろした。三人で車座になる。

「フルテツの方だが、事務所は連絡係が一人だけ。全員出払ってるってことは、中国人コンビを探し回ってると考えていいと思う。ホワイトボードを盗み見たけど、『日の出』だの『山下』だの埠頭《ふとう》の名前がいっぱい書いてあった」

ヨコケンにはフルテツの様子を探ってもらった。用がある振りをして、事務所をのぞいたのだ。

「おれの印象では、フルテツはマジだ。なんでだか、わかるか」

「そりゃあ、マージンが取れなくなるからでしょう。おまけに出資者は賭場の客で信用問題にもなるし」千恵が答える。

「おれなら別のこと、考えるけどね」勿体《もったい》つけてたばこを吹かした。

「ぼくも……」ミタゾウが口をへの字にしてうなずいている。

「何よ、二人して。言いなさいよ」

「中国人コンビを捕まえて十億を奪い返す。やつらを東京湾に沈める。白鳥にはシカトを通す。金は自分のもの」

「ふん。やくざだもんね」千恵は肩をすくめた。「でも、実際に金はないのよ」

「もちろん。ケースの中は週刊誌だ。だから捕まると、ちいとばかし都合が悪いわな」

「なんか、複雑」目を閉じ、ため息をついた。

「じゃあ整理しましょう」ミタゾウが後を引き継いだ。「もし中国人コンビがフルテツに捕まると、実際は金を盗まれていないことが発覚して、白鳥が逆に責め立てられます。いい気味ですが、我々には何のメリットもありません」

「メリットどころか、おれたちのやったことがばれてエライ目に遭うぞ」ヨコケンが顔をしかめて言う。

「そうですね。ダミーを用意したのは我々だし、あの場に居合わせてるし……。だから我々は、フルテツが中国人コンビを捕まえるのを絶対に阻止しなければなりません」

そうか。自分たちは傍観者ではいられないのか。

「そして、普通なら、中国人コンビはさっさと海を渡って追っ手を逃れるはずなんですが、間の悪いことに、白鳥の周辺をうろつきます。このままだと一億円の損失だからです」

「ねえ。あのチャイニーズ、けっこう間抜けなんじゃゃない？」

「信用させるための餌だから、仕方がない側面もあります。とにかく、この界隈《かいわい》にいる以上、フルテツに捕獲される可能性が高いわけです」

「わたしたち、どうすればいいのよ」

「やくざの捜査能力って、どれくらいなんですか？」ミタゾウがヨコケンに聞く。

「アンダーグラウンドのヤマに関しては、警察以上」首の骨を鳴らして答えた。「今頃、身元も割れて、付き合いのある中国人マフィアに協力を要請してると思う」

大事《おおごと》だなあ、と千恵は心の中で嘆息した。

「じゃあ、我々が探すより、フルテツに探させた方が早いわけですね」

でも乗りかかった船だ。それに十億円だ。

「それに、今気づいたんだけどよォ、白鳥がフルテツに通報したのは、やつらのネットワークを逆手《さかて》に取ったんじゃないのか。自分たちの手配書が回ったことは、すぐ中国人コンビにも伝わる。日本の裏組織に追われるとなれば、泣き寝入りの可能性もある。それを期待してたりして」

「あ、おねえちゃん」タケシが口を挟んだ。「そういえば、早速中国人から画廊に脅迫電話がかかってきた。殺してやるって」

「それで？」

「パパは言い返してた。古谷が探してるぞ、捕まったら殺されるのはそっちだ、さっさと国に帰った方がいいぞって」

「だろう？　白鳥はフルテツを利用して、中国人コンビを追い払おうって魂胆なんだよ」

「それから、中国人二人を連れてきた賭場の客に電話して、おたくのせいでこっちは破産の危機だって非難してた」

「そうなんだよ。少なくとも、それで出資者一人分は踏み倒せるわけよ」

「まったくもう、そういうことには知恵が回るんだから」

「ともかく、するべきことは決まりました。フルテツに中国人コンビを探させて、間際で捕獲を阻止する。中国人コンビに白鳥の金を奪わせて、横取りする。この二点です」

よし、催涙ガスを補充しよう。ついでにナイキのスニーカーも。

「いずれにせよ。ここ二、三日の勝負でしょう。白鳥がいつまでも手元に金を置いておくわけがない。それは中国人コンビもわかってますよ」

「よし、うちの舎弟をフルテツに張り付かせる。それで動向を探ろう」とヨコケン。

「それより、フルテツの事務所に今から行って、盗聴器を仕掛けてきたら？」千恵が言った。

「おれが？　嘘だろう？　さっき顔を出したばかりだぞ」

「連絡はすべて事務所に入るんだから、そっちの方が確実でしょう」

ヨコケンは酢でも飲んだような顔をしていた。

「ところで、タケシ。お金はどこにあるわけ？」

「自宅。あの後、運んだ」愚弟はまだストロベリーと向かい合っている。

「盗聴器はばれてる？」

「ばればれ」

「あんたはこの先、白鳥のそばを離れないこと。夜中は張り込み。そして変化があったら逐一連絡を入れること」

「うん、わかった」

「じゃあ早速行動開始。今度裏切ったら、一生口利いてやんないからね」

千恵がにらみつけると、タケシは亀のように首をすぼめた。


マンションを出ると、アルファロメオを駆り、三人と一匹で円山町に向かった。深夜営業の無線機販売店をヨコケンが知っていたからだ。無線機販売店といっても、ムチから護身用具まで揃えたマニアのショップだ。

ボールペン型の盗聴器と催涙ガス弾を三個、目出し帽を三つ買った。

ストロベリーにはＳＭチックな革のドッグレース用マスクを買ってやった。装着すると、危険な香りが漂った。二人が「おお」と声を発した。なんだか、盛り上がった。

「防弾チョッキもいるかな」ヨコケンが言う。顔色をうかがうといった感じだ。

少し逡巡《しゅんじゅん》し、やめることにした。お互い、そんな事態は想定したくなかったからだ。

「神に祈りましょう」ミタゾウの意見に賛同した。

続いて、道玄坂にあるフルテツの事務所へと向かった。少し離れた坂道に車を停め、ヨコケンを出動させる。机のペン立てに、発信機内蔵のボールペンを紛れ込ませるのだ。

「こんな夜中に、なんて理由つけるんだよ」ヨコケンがいやそうに言った。

「舎弟にしてくださいとか、なんでもいいじゃない」千恵が突き放したように言う。

ヨコケンは肩をすくめて車を降りていった。

リアシートでは、ストロベリーがミタゾウの膝《ひざ》に頭を載せていた。珍しい。懐《なつ》いたんだ。千恵は微苦笑した。

「三田君、お金が手に入ったらどうするの？」

「会社を辞めて、キリバス共和国に移住しようと思ってるんですが」

「キリバス？」

「南洋の島です。本でしか読んだことがありませんが、楽園みたいです」

「ふうん……三田物産、辞めちゃうんだ。もったいない」

「ぼくね、実はダメ社員なんですよ」

ミタゾウが淡々と答える。どう返事していいかわからないので、黙っていた。

「黒川さんはどうするんですか？」

「遊んで暮らす。趣味でカフェでもやりながら」

「いいですね。似合ってますよ。一人でいるのが様になるし」

「わたしね」なんとなく口をついて出た。「同性の友だち、いないんだ。昔から」

「そうですか」

「女子って、誘い合ってトイレにいったりするじゃない。そういうの、うざったくって」

ミタゾウは何も言わず、ストロベリーの頭を撫《な》でていた。カーステレオからは、誰かのクリスマスソングが流れている。

「ヨコチンはどうするんだろうね」

「さあ。横山君は、賑やかな人だから、事業でも興すんじゃないですか」

「そんな感じ。でもって、すぐに遣い果たして」

二人で肩を揺すって笑った。

「今朝方《けさがた》、黒川さんを降ろしてから、横山君にいろいろ聞かれました」とミタゾウ。

「何を？」

「おまえらどうなってるんだって」

「おまえらって？」

「ぼくと黒川さん。二人で地下室へ行ったこと、誘われなかったのがショックだったみたいです」

「可愛いね。やきもち焼いてるんだ」

「ぼくの目から見ると、恋の病です」

千恵は運転席で伸びをした。そういえば最近、恋愛と縁遠いな。吐息を漏らす。でもヨコケンは趣味じゃない。調子がよすぎる。

そのヨコケンが坂を駆けてきた。息を切らしている。ドアを開けるなり、「成功、成功」と声を弾ませ、助手席に乗り込んだ。

「留守番のにいちゃんが一人いただけ。だから楽勝よ。ぼくのポルシェ、どうなってるんですか？　なんて情けない顔して、図々しく上がり込んだわけ。そろそろ定期点検の時期だから、一度返してもらえませんかって手まで合わせて。そのにいちゃん、馬鹿だから、おれにやくざ風を吹かせてな。『おめえ、考えが甘いんじゃねえのか』って説教なんかしやがんの。そこで隙を見て、ペンをちょいと差してきたわけよ。ほら、受信機のスイッチ、入れてみ」

言われてそうした。周波数を合わせると、テレビをつけているのか、その音声が聞こえた。

「えらいっ」千恵が拍手した。「さすがヨコチン、頼りになる」はしゃいだ仕草で持ち上げた。

ヨコケンが、少年のように顔をほころばせた。「まあ、こんなもんよ」

「ヨコチンがいなきゃ、この計画はないね」

「いいですね。顔が広いっていうのは」ミタゾウも合わせた。

「おれもよォ、伊達《だて》にこの界隈で遊んでるわけじゃないからよ」顔が上気している。

「じゃあ、ついでに見張りもお願いね」

「おいっ」

それは通らなかった。


深夜にもかかわらず、フルテツの事務所にはひっきりなしに電話がかかってきた。そのすべてが中国人コンビに関する情報だ。

フルテツ自らが動いているのが幸いした。外から入った情報を、連絡役が出先のフルテツに逐一知らせるため、電話を盗聴するのと変わりなかったのだ。

フルテツたちは中国人コンビを「トイツ」と呼んでいた。麻雀《マージャン》の用語らしい。金のことは「テンボウ」と呼んでいた。

（山下町の陳《チン》先生の秘書から連絡がありました。今週、横浜港では取引の予定は一切ないそうです。陳先生に逆らってまで船を入れる馬鹿はいないだろう、ということです。トイツについては面識なし。はい……はい……。わかりました。テンボウの件、額はとぼけるということで）

フルテツたちはかなり真剣らしい。十億円は人生を変える金だ。それはやくざでも同じことなのだろう。

（新大久保でトイツらしき二人組を見たという目撃情報があります。青龍会の若い者が確認に向かいました。うちからも誰か向かわせますか？　ええ……ええ……。じゃあタカを呼び出します）

なにやら包囲網を着実に狭めているといった感じがした。

「フルテツって大物？」ヨコケンに聞いた。

「現在売り出し中。だからやっきになってんだよ」

千恵のケータイが鳴る。タケシからだった。

「パパの本日の仕事は終了。今自宅マンションに入っていった」

「変わったことは？」

「不動産屋とさっきまで一緒だった。銀座のビルを買うっていう例の話」

「まさかお金を渡してはいないよね」

「まだだと思う。金額の交渉がついてないから」

「じゃあ、見張ってて。白鳥はもう動かないと思うけど、中国人コンビが襲いに来る可能性が高いから」

頑張ってね、とも励ました。アメも与えておかなければ。

「不動産屋に金が渡ったらアウトだな」とヨコケン。

「早く強奪してもらわないと」

「金はまだ白鳥の自宅かな」

「そうだと思う。動かす方が危険だから」

「麻布台ヒルズのペントハウスだろう？　セキュリティはしっかりしてるし、ほかの住民もいるし、やつらだって強奪は難しいぞ」

「どこかへ移させましょうか」ミタゾウが言った。

「どうやって？」

「無言電話をかける。目出し帽を被ってインターホンを鳴らす」

千恵はミタゾウをまじまじと見詰めた。「三田君、会社辞めるの正解かもしれない」

「その前に解雇されるかもしれません。今日は無断欠勤だし」

「よし。じゃあうちの舎弟を呼んで、ここの盗聴は任せよう」ヨコケンが自分の会社の社員に電話をかけた。「骨董通りにおまえのスーパーカーが放置してあるから、それを拾って来い」

なんだか、いい感じだった。単独行動に慣れ過ぎていたので、新鮮な気持ちがした。この一件が片付いたら、少しは自分を変えようと千恵は思った。友だちを作るのだ。

十分ほどで、アキラという日焼けした、おつむの軽そうな若者がプレリュードに乗って現れた。「ちわッス」と細い顎を突き出す。ストロベリーが唸《うな》ったら青い顔で腰を引いた。

ヨコケンが、事情説明もなしに受信機を手渡した。

「とにかく聞こえたことは細大漏らさず報告しろ」

「なんかあったんスか？」

「がたがた言うな」

「ウイッス」若者が口をすぼめる。ゴールドのチェーンが胸元で揺れていた。

アルファロメオのエンジンを始動する。坂道を駆け上がった。道端でカップルがキスしていたので激しくパッシングしてやった。


麻布台ヒルズの前では、タケシが自分のミニバンを停めていた。居眠りもせず、エントランスに目を凝らしている。可愛く思えたので、頬を撫でてあげた。

「ここ、管理人室はどこ？」

「エントランスホールのすぐ脇。夜間はいないけど、防犯カメラが回ってる。警備員は定期的に巡回してて、さっき見かけたからしばらくは大丈夫だと思う」

「インターホンはモニター付き？」

「うん、そう」

ならば目出し帽の出番だ。ヨコケンとミタゾウにやってもらおう。うまい具合に電話ボックスがすぐ近くにあった。着信記録が残るのでケータイは使えない。タケシから電話番号を聞きだし、白鳥の部屋にかけることにした。もう午前一時を回っている。たたき起こすにはちょうどいい時間だ。

狭い電話ボックスに三人で入る。千恵は人差し指を口に当て、静粛を促した。ボタンを押す。五回コールがあったのち、白鳥の後妻が出た。かすれ声で「もしもし」と言った。

心の中で三つ数える。無言のまま受話器を置いた。五回も鳴ったのだから、白鳥も目を覚ましただろう。

誰だ？　無言電話なの——。寝室でのそんな夫婦の会話を想像した。

「じゃあ次、行こうか」

「任せとけって」ヨコケンが自分の胸をたたく。ミタゾウと二人で、目出し帽を片手に、身を低くしてエントランスへと駆けていった。千恵も続く。ただし建物の外から様子をうかがうことにした。モニターに映っては元も子もない。

周囲に人がいないのを確認し、二人が中に入る。目出し帽を被ると、インターホンの前に立った。ヨコケンが指二本で小型カメラレンズを塞ぐ。ミタゾウが部屋の番号を押した。

チャイムが大理石の壁に響く。かなり長い間があって、「どなた?」という応答があった。白鳥の声だ。それも警戒した声だった。

「夜分、まことにすいません。同じマンションの者なんですが、今、地下の駐車場でおたくの車に接触してしまいまして、ちょっと降りてきていただけませんか」ミタゾウが鼻をつまみ、わざとぎこちないイントネーションを使って言った。車中で打ち合わせたことだ。「ワインレッドのベントレー、おたくの車ですよね」

白鳥は答えなかった。モニターには黒い画像しか映っていないはずだ。

「すいません。弁償のこともありますので、傷の確認だけでも……」

まだ白鳥は黙っている。まるで所在を確認するかのような深夜の無言電話。直後の怪しすぎるインターホン。おまけに昼間には脅迫電話もかかってきている。

ヨコケンが、つい滑ったという感じで、レンズを塞いでいた指を動かした。

白鳥の部屋のモニターに、一瞬、目出し帽を被った男二人組が映ったのだ。

ガチャリという音と共に、回線が切れた。もう長居は無用だ。白鳥は大あわてでドアの施錠を確認していることだろう。

三人で走って車に戻る。念のために五十メートルほど移動した。

「さて、どう出ますか」

「まさか銀行には預けねえよな」

「それはない。記録だけは絶対に残さないはず」

窓がノックされる。タケシが顔をのぞかせた。

「今、ケータイにパパから電話があった。すぐに来いって」

「よしっ」ヨコケンが低く言い、拳を握り締めた。「今頃青い顔してるぜ。やつら自宅まで知ってるのかって」

「図太い白鳥も、今のはびびったと思う」

千恵はタケシに指示を与えた。十分ぐらい時間を置いて駆けつけること、金の移し場所がわかったら至急知らせること。

「成功したら、あんたには一千万あげるよ」

タケシが目を輝かせた。可愛い弟に、それくらいあげてもいい気になった。

ヨコケンのケータイが鳴る。舎弟かららしい。ヨコケンが気を利かせてスピーカー・スイッチを押した。三人で耳を寄せる。

「社長、これ、フルテツの事務所の盗聴じゃないですか。まじッスか」

事情を知らない舎弟が驚いていた。

「うるせえ。いいから用件を言え」

「トイツの居場所がわかったっていう電話が入って、その旨がフルテツに伝えられました」

「どこだっ」ヨコケンの声がトーンを上げた。

「トイツってなんですか？」

「いいから続きを言え。場所はどこだ」

「新大久保のヨンフーっていう中華食堂だそうです。大久保通り沿いだって言ってましたけど」

「よし、ヨンフーだな」

「それから、フルテツは横浜から駆けつけるそうです。その前に、若い衆がかき集められて向かうみたいですけど」

「わかった。引き続きそこにいろ」

「もう眠いんスけど」

「馬鹿野郎。寝たら殺すぞ」

電話を切り、ヨコケンが手を差し出した。ミタゾウが後部座席から手を伸ばし、その上に重ねる。千恵もそうした。

「こっちは六本木だ。フルテツより早く駆けつけられる。なんとしても捕獲を阻止しよう」

重ねた手の上に、ストロベリーがお手をした。思わず三人で見る。ストロベリーは涼しい顔だった。

「急展開ですね」とミタゾウ。

「引き返せないね」と千恵。

ヨコケンが「ナウズ・ザ・タイム」と節をつけて言い、手を切った。アルファロメオを発進させる。

この先は危険がいっぱいだ。でも怖くなかった。一人じゃないし、十億だし。

4

「ここ、日本？」

明治通りから大久保通りに車を乗り入れ、思わず千恵はつぶやいた。日本語よりもハングルや旧漢字の看板の方が多いのだ。おまけに真夜中だというのに、夕暮れ時のような人の往来だった。東南アジア系、南米系、なんでもいる。ここでは日本人がマイノリティだ。

「クロチェは、新宿より北なんて知らねえだろう」

「知るわけないでしょう。ヴィトンもロレックスも偽物ってイメージしかないもん」

「新宿区長が聞いたら怒るぞ」

三人で看板を片っ端からチェックする。徐行運転なので、タクシーにクラクションを鳴らされた。窓を開け、ストロベリーに唸ってもらった。

見つからないまま、新大久保の駅まで来てしまう。そもそも「ヨンフー」とはどういう漢字なのか、それがわからないのだ。この通りの店は、日本人を相手にしていない。

車の中から中国人らしき通行人に聞いてみた。しかし発音が悪いのか、首を傾げられるだけだった。

「困った。フルテツが来る前に見つけなきゃ」Uターンして、もう一度通りを走る。それでもわからなかった。焦る気持ちが込み上げる。二往復目に入った。

「ありました」そのときミタゾウが声をあげた。「たぶんあれです」

「どこ、どこ」あわてて路肩に車を停める。

「あそこです」

ミタゾウが指差した看板には「永福飯店」と書いてあった。

「どうしてあれがヨンフーだってわかるの？」

「消去法です。この通りには二十七の中華料理店があります。読み仮名が振ってあるものが七軒、ローマ字で併記してあるものが五軒、その中にヨンフーはなかったので、残りは十五軒です。で、ヨンフーという音節からして、漢字二文字というのは想像がつきます。もちろん『飯店』は抜きで。漢字一文字は二軒、三文字と四文字は三軒ずつありました。残りは七軒、二文字の店です」

思わず聞き入っていた。そうだ、この男は記憶と読み取りの天才だったのだ。

「ぼくの知識で読める店は四軒ありました。いずれもヨンフーとは程遠い名前です。残りの三軒は……」ミタゾウはペンを取り出し、自分の手のひらに書いた。「こうです」

そこには「楊明」「凱安」「永福」と記されていた。

「二番目の文字に注目してください。『明』は『ミン』でしょう。『安』は『アン』でしょう。となれば『フー』と読めそうなのは『福』しかありません」

「三田君。君に出会えてよかったよ」千恵は目頭が熱くなった。

「ミタゾウ。すべて許してやるからな」

「何をですか」

「いいから、いいから」ヨコケンも感動している様子だった。

少し離れた場所に車を停め、エンジンをかけたまま降りた。ストロベリーは留守番だ。永福飯店の前に立つ。古びた民家の一階を店舗として使っている大衆食堂だった。中の様子をうかがうと、午前二時過ぎだというのに、大半のテーブルが雑多な年齢層の男女で埋まっていた。二十人はいる。夜の仕事を終えた中国人たちの社交場といった店に思えた。

さて、どうするか。この先、とくに妙案はない。けれど時間は迫っている。

「とにかく入ろう。出たとこ勝負。いざとなったら催涙ガス弾だ」ヨコケンが、千恵のジャンパーのポケットをポンと叩き、先に暖簾《のれん》をくぐった。千恵とミタゾウがあとに続く。

店内は中国語が飛び交っていた。日本語はひとつも聞こえてこない。店員も当然のように中国語で話しかけてきた。

「三人」ヨコケンが指で示し、空いている隅のテーブルについた。

それとなく客を観察する。例の男たちの姿はなかった。「適当に注文しておいて」ヨコケンが席を立つ。「トイレどこ?」と店員に聞いて奥へと歩いていった。

千恵が五目炒麵《ごもくチャーメン》を三つ頼んだ。どうせ食べられないものだ。できた頃にはフルテツが乗り込んでくる。

ヨコケンが戻ってきた。「トイレの横に階段あり。二階に人の話し声あり」声をひそめて言った。「情報が正しければ、連中はこの二階だ」

店の扉が開き、新たな客が入ってきた。鋭い目つきの二人組だ。堅気じゃないと一目でわかった。無言でテーブルにつく。

「おい、きっとフルテツの手下だぞ」

「わたしもそう思った」

「まずいですね。きっと店の周りは固められてますよ」

「ミタゾウ。例のトイツ、なんて名前だっけ」ヨコケンが、フルテツたちの符丁を真似て聞いた。

「王ナントカと、張ナントカ。本名かどうかは知りませんが」

「ええい、ままよ」ヨコケンが、レジにいた支配人らしき年配の男に向かって手招きした。

オーダーと思ったのか、微笑みながら近づいてくる。ヨコケンが耳元でささやいた。

「チャイナ・トレーディングの王さんと張さん、二階？」

たちまち支配人が顔色を変えた。「お客さん、何のこと？」あわてて笑みを作るものの、頬がひきつった。

「いるなら早く逃がして。さっき入ってきた二人組、日本のやくざ。もしかしたら表にも追っ手がいるかもしれない」

支配人が素早く視線を走らせた。「いやあ、何のことだか……」ぎこちなく笑って店の奥へと消えていく。

通路側の千恵が体をそらせ、その背中を目で追った。支配人が階段を駆け上がるのが見えた。

「今、二階へ行った！」テーブルに乗り出し、叫ぶようにささやいた。「それも大あわてで。トイツがいるのよ」

「よし、長居は無用だ。もう出るぞ」ヨコケンが一万円札をテーブルに置いた。「フルテツと鉢合わせしたら、こっちもアウトだ」

「じゃあ、わたしが見届ける。フルテツには面が割れてないし」千恵が言う。

「わかった、車で待ってる。無茶はするな」

ヨコケンとミタゾウが立ち上がり、出口へと向かった。扉に手をかけたところで、二人並んで引き返してきた。蒼白《そうはく》の面持ちを見てわかった。フルテツが現れたのだ。

二人がそのまま奥の厨房《ちゅうぼう》へと突き進む。「何よ、あんたら」コックの声が聞こえた。

扉が開く。長身痩軀《ちょうしんそうく》の、気障《きざ》な身なりの男が大股で入ってきた。フルテツだ。両脇に手下を従えている。生で見ると圧倒された。裏世界で生きてきた男の、独特の迫力だ。頰から口にかけて、大きな傷痕《きずあと》がある。異様な空気はたちまち店内に伝わり、客たちの視線が集中した。

先に来ていた男たちが駆け寄る。「どうやら二階のようです」耳打ちするのがわかった。

「おい、支配人はいるか」フルテツが店員に向かって、鋭利な声を発した。「渋谷の國風会だ。ここいらの地回りには話はついてる。店ん中、ちょいとあらためさせてもらうぜ」

大変だ。捕まったらすべては水の泡だ。ヨコケンとミタゾウも無事では済まない。

血の気が引いた。

千恵は咄嗟《とっさ》にポケットの催涙ガス弾を握り締めていた。片方の手でハンカチを取り出し、目と鼻に当てた。きゃあー。心の中で叫ぶ。もう知らない。女の子だもん――。

立ち上がり、ボタンを押した。ガスが噴射すると同時に床に投げ捨てた。たちまち店内は騒然となった。椅子《いす》が倒れる音。食器が割れる音。客の半分が扉に殺到し、半分がその場にうずくまった。千恵も無事ではいられなかった。胡椒《こしょう》をバケツ一杯浴びせられた、そんな感じだ。

「なんじゃ、こりゃあー！」フルテツが叫んでいる。

千恵は激しく咳《せ》き込みながら店の奥へと走った。厨房へ入ろうとしたら男に突き飛ばされた。「兄貴！　大丈夫ですか！」顔を覆いながら突進してきた。裏口から押し入ったやくざらしかった。

どうしよう。逃げ道などない。千恵は階段を駆け上がっていた。それ以外に方法がなかった。

土足のまま全力で駆け上がった。上がりきった踊り場に、ジュラルミン・ケースが積み上げられていた。自分たちが用意した、週刊誌入りのダミーだ。うわ、ややこしくなりそう。瞬間、そう思った。

「あんたら、何をした！」二階には支配人がいた。涙と鼻水で顔をぐしゃぐしゃにしてわめいていた。ヨコケンとミタゾウもいた。

「どうしてここにいるのよ！」

「裏口にやくざがいたんだよ！」窓を開け、外に飛び出ようとしていた。

「トイツは？」

「窓から逃げた。隣のビルに飛び移って、あとは屋根伝い」

「あいつらヤモリの親戚《しんせき》ですよ」

「クロチェから行け！」

ヨコケンに腕をとられ、引き上げられる。手摺《てす》りに足をかけた。隣のビルの外廊下まで二メートルほどだ。やだ、飛べるだろうか。どこかの犬が狂ったように吠《ほ》えている。

「兄貴、テンボウがありました！　二階です！」背中にやくざの声が聞こえた。

千恵は覚悟を決めた。イチ、ニの、サン。宙に舞った。目前に隣のビルが迫る。右足がコンクリートの端に乗った。両手で手摺りをつかむ。そのまま鉄棒の前回りのように頭から廊下に転げ落ちた。

ヨコケンも飛び移った。体操選手みたいだった。「あらよっ」掛け声をあげ、手摺りを飛び越えた。

最後はミタゾウだ。必死の形相で手摺りを蹴《け》った。届かなかった。「ひゃーっ」と声を発し、地面に落ちていった。派手な音がする。

「おい、ミタゾウ」ヨコケンが身を乗り出した。

「大丈夫です。下は自転車置き場でした」

「塀を越えて行け。車で待ってるぞ」

ヨコケンと二人で、外廊下を階段とは逆方向に走った。また手摺りを越え、今度は電柱に飛び移った。すぐ下にコンクリートブロックの塀があり、その上をバランスをとりながら歩いた。心臓が早鐘を打つ。なのに不思議と足取りは乱れなかった。

路地に出たところで飛び降りた。膝に手をつき、荒い息を吐いた。顔を上げる。若い男が一人いた。昨日まで暴走族で旗を振っていたような、貧相で幼い顔立ちの男だ。フルテツの手下だとわかった。「おまえら、ここを動くな」男が興奮した様子で言い、腰から短刀を引き抜いた。刃《やいば》が暗闇で光る。千恵の背筋が凍りついた。

ヨコケンが千恵の腕を摑《つか》み、前に出る。ただし、まともに向き合えなかった。催涙ガスの余波で、激しく咳き込んでいたのだ。

そのとき、タンタンとアスファルトを蹴る乾いた音がした。振り返ると、ストロベリーだった。真っ黒な肢体がムチのようにしなり、ぐんぐんと迫ってきた。

「うわっ」男が声をあげ、驚愕《きょうがく》の表情であとずさる。ストロベリーは男の腕めがけて飛びかかった。短刀が宙に舞う。甲高い音を立て、地面に転がった。

男が身を翻し、駆け出す。ドーベルマンの足に敵《かな》うはずもなく、ストロベリーは男のジャンパーに咬《か》みついた。路上で綱引きをしている。「ドン・ゴー！　バック！」千恵が叫んだ。ストロベリーが咬むのをやめる。男は尻餅《しりもち》をつくと、血の気のない顔で立ち上がり、一目散に逃げていった。

ストロベリーは引き返すと、何事もなかったかのように飼い主の手を舐めた。「ありがとう」千恵が跪《ひざまず》き、抱きしめる。緊張が解《ほど》け、全身の力が抜けた。

もう追っ手はいなかった。大久保通りの喧騒が嘘のように、裏通りは深夜の静寂に包まれている。「サンキュー、ストロベリー」ヨコケンがぎこちなく微笑んで言った。あらためて二人で咳き込んだ。呼吸が整うまで、しばらくその場にいた。

念のため、遠回りして車に戻った。車内にはミタゾウがいた。千恵は安堵《あんど》した。ちゃんと逃げ切っていたのだ。

「ドアを開けるなりストロベリーが飛び出していったんですけど、黒川さんのところだったんですね」

犬には人にない能力があるのかもしれない。飼い主の危機を知っていたのだ。

「こっちに追っ手はありませんでした。ジュラルミン・ケースのおかげです。金が見つかったとなれば、犯人など用なしでしょうから」

ミタゾウは額を擦り剝《む》いていた。あちこちに打ち身の痕もあることだろう。

「で、どうなったの？」

「あっという間でした。店の前に車が数台横付けされ、ケースを積んで去って行きました。客や店の従業員は歩道に避難していて、涙を流しながら見ているだけでした」

「やることが大胆だこと」

「十億だぜ。装甲車で突っ込んでも驚かないね」

「異臭騒ぎで警察が来るんじゃない？」

「誰も通報なんかしないって。半分は不法滞在なんだから」

すぐ横に自販機があったので、スポーツドリンクを三本、買い求めた。それぞれが喉に流し込む。やっと人心地がついた。

「あとしばらくで、フルテツは仰天するね」千恵がぽつりと言った。

「中身は週刊誌だもんな。怒り狂うこと必至だぜ」

「トイツだって仰天してますよ。フルテツが、命を狙《ねら》いに来たのかと思えば、ダミーのケースを奪って帰っていったわけですから」

やっぱり、ややこしくなりそうだ。

「あの店、また襲われるんじゃない？」

「とぼけるさ。知らないで二階を貸しただけとか。チャイニーズだぞ。面《つら》の皮の厚さがちがうよ」

ヨコケンのケータイが鳴った。舎弟のアキラからだった。「なんか、作戦は成功したとかいう電話が入って、事務所が盛り上がってますよ」

三人で笑った。こんな夜は、笑うしかない。

この先どうなるのだろう。引き下がるわけがないフルテツと、引くに引けない中国人コンビと、金を死守しようとする白鳥——。全員、ダーティーで欲深なアウトローばかりだ。

千恵はストロベリーを膝に呼び寄せ、頭を撫でた。何も知らない愛犬がクウンと鼻を鳴らす。

「今夜はこれで終わりだろう。一旦引き上げようぜ」

「そうだね」

白鳥が動き出すまで、少し眠ることにした。英気を養おうと思った。まだ第二ラウンドが終わったばかりだ。何回戦マッチなのか、誰も知らないのだけれど。

5

午前十一時にタケシからの電話でたたき起こされた。自宅のベッドで、枕《まくら》に顔を埋めたまま応答した。催涙ガスの後遺症で、まだ目がしょぼしょぼする。喉も痛い。

「今、逗子《ずし》だけど」タケシがそう言い、千恵は判断に時間を要した。

「逗子？　何よそれ。天気がいいからサーフィンやってるなんて言ったら電気アンマの刑にしてやるからね」

「ちがうよ。逗子マリーナ。パパとずっと一緒だったから今まで連絡できなかった」

「白鳥はどこなの？」

「クルーザーに金を積んでどこかへ行った」

「うそ」思わず起き上がっていた。「詳しく話しなさい」布団を撥《は》ね除《の》け、ベタ座りした。

「ゆうべ、マンションに呼び出されたら、パパが『例の中国人が現れた』って青くなってて、それで夜が明けるまで玄関で見張りをさせられて、朝の八時になって金を運んだの」

「なんでクルーザーなのよ」

「画廊も自宅も突き止められたから、隠すところがそこしかないんだと思う」

「まさかそれでハワイまで逃げるとか、そういう話じゃないわよね」

「ううん。夕方にはキャピトル東急で不動産屋と会う予定を入れてるし、遠くには行かないはず」

「どんな様子だった？」

「すっごく警戒してた。地下の駐車場で金を積むときは、警備会社に電話して警備員を呼んで立ち番をさせたし、逗子に来るときも、現金輸送車をチャーターしたし。でもって、ベントレーはぼくに運転させて、『尾行があるはずだ』って隣でずっとうしろを見てた。

「わかんないなあ。わざわざ道が混んでる時間を選んだのも、襲わせないためだと思う」

「さあ、先のことは何も教えてくれなかったから」

「ちなみにどんなクルーザー？」

「四十フィートだって聞いたことがあるけど。名前はゴールドラッシュ号」

ふん。お似合いのセンスだ。「オーケー。じゃあ画廊に戻ってソファで仮眠でも取ってて。中国人コンビが何か言ってくるかもしれないし。それで夕方からはまた白鳥に張り付いて」

電話を切り、ベッドに倒れこんだ。大の字になる。寝起きのせいで頭がうまく回らない。てのひらで顔を覆い、深く息をついた。

白鳥は一人でどこへ行く気なのか。自宅と画廊以外に隠し場所などあるわけがない。しかも、夕方には東京に戻っていなくてはならない。行動の意味がわからない。

しばらく考えたのち、ミタゾウに聞いてみることにした。フィジカル面ではまったく頼りにならないが、頭の回転だけは速い。

ケータイにかけると会社にいた。

「三田君、ちゃんと仕事してるんだ」

「応接室で寝てました」寝ぼけ声だった。「職場では派遣の子にまで無視されてます。今朝はお茶じゃなくて白湯《さゆ》が出てきました」

「断食道場みたいだね」

「こうなったら絶対にお金はいただきます」

「そう、そう。その件なんだけど……」

千恵が、タケシから聞いた白鳥の行動の一部始終を話す。すると「今度はチャート式で行きましょう」と、ミタゾウは落ち着き払って言った。

「白鳥は海辺に別荘の類《たぐい》を所有してますか？」ミタゾウが聞く。

「ううん。聞いたことない」千恵が答える。

「洋上で誰かに託すというケースは考えられますか？」

「ううん。共犯者なんかいないはず。利益は独り占めがモットーの男だから」

「すると、行き先はどこかの港かヨットハーバーということになります。しかも夕方には東京に戻れる範囲で。……白鳥にタケシ君以外の部下はいますか？」

「いない。友人すらいない孤独な男」

「となると、どこかの港に到着しても、そこから移し替える術《すべ》がないことになります。人手もないし、車もないし」

「そうね。ジュラルミン・ケース十個っていうのは、簡単に持ち運べる嵩《かさ》じゃないもんね」

「じゃあ、クルーザーが当面の保管場所と考えられます」

「でも、それって危険すぎるでしょう。白鳥は、見張られてると想定して移送したのよ」

「クルーザーで海に出てしまえば尾行は不可能です。要するに、陸路から海路というのは、追っ手を巻くもっとも確かな方法です」

「そうか。一旦お金もろとも姿を消して、尾行の線を断ち切ろうとしたのか」

「そうです。白鳥は金を積むとき、わざわざ現金輸送車を使った。余計に目立つ行為です。つまり、白鳥は中国人コンビに金の移送をアピールし、そののち、追っ手を巻いた。たぶん、東京湾のどこかの係留所に金をクルーザーごと隠したんだと思います」

「なるほど」千恵は納得がいった。やっぱりミタゾウは頭がいい。

「昨夜、我々が脅したのはかなり効いたみたいですね」

「うん、そうだね」

ただ、事態は進展していない。白鳥の行動は思い込みで、実際、中国人コンビはそれを目撃していない。むしろ金の在りかがわからなくなったぶん、複雑になったのだ。

それを告げると、ミタゾウは「待ち伏せすればわかるかもしれません」と事もなげに言った。

「白鳥は夕方、キャピトル東急に現れるわけですよね。どこかにクルーザーを係留して、タクシーで駆けつけるとしたら、そのタクシーの運転手にどこから乗せたのかを聞けば当たりがつきます。東京湾にあるマリーナなんて、数は知れているでしょう。事前にインターネットでリストアップしておけば、捜索も容易です」

感心した。試してみる価値は大いにある。白鳥は当分、画廊にも自宅にも近寄らないはずだ。直接出向く可能性の方が大きい。

「三田君、今日は会社、何時に抜けられる？」

「何時でも。仕事、ないんですよ」

昨夜、ミタゾウが「ぼく、ダメ社員なんです」と言っていたことを思い出した。

「じゃあ、わたしは五時頃からホテル前で張っている。来られたら来て」

「わかりました」

「三田君みたいに役に立つ人、わたし初めてだよ」温かい気持ちになり、千恵は心からそう言った。

「それはどうも」

もっとよろこぶのかと思ったら、案外淡々と返事をされた。

続いてヨコケンにも電話した。フルテツのその後を知りたかったからだ。

「怒り爆発。血管ブチ切れ。震度七の大激震」ヨコケンは電話なのに声をひそめて言った。「盗聴してたうちのアキラが、音声だけでびびってたよ。荒れ狂って事務所内で大暴れしたらしい」

「そりゃあ、そうだろうね」現場を想像し、ぞっとした。子分たちはさぞや八つ当たりを受けたにちがいない。

「とにかく、トイツがまだ東京にいるのはわかったから草の根を分けても探し出せって、あちこちに指令を出してたみたい」

「やれやれ。彼らが捕まらないように、また邪魔をしなきゃならないわけか」

「この先は二十四時間態勢だな。おれはこれから道玄坂へ行って、アキラと交代してくる。大事なことを聞き漏らしたら一生後悔しそうだしな」

「悪いね、任せちゃって。ああ、そうだ。それからね……」

千恵は白鳥の取った行動について話した。ミタゾウの推理も。するとヨコケンは、

「じゃあ、クルーザーが見つかれば、おれたちがそこから盗めばいいだけだな」と声を弾ませた。

「ヨコチン、単純」つっけんどんに言った。「クルーザーからお金がなくなれば、真っ先にわたしたちが疑われるのよ」

「だって、トイツが再び白鳥を襲うのは確実だから、そうなると、犯人は誰だって話になって、疑いの目はこっちに向かうでしょう」

「どうして」

「とぼけろよ」

「十億だよ。『知らない』で引き下がると思う？　わたしはともかく、あんたたちは拷問を覚悟する必要があるね。白鳥は別のやくざを雇うよ。そうなったら――」

電話の向こうで、ヨコケンが黙って洟《はな》をすすった。

「とにかく完全犯罪にしないとだめなの。トイツに強奪させて、それを横取りする。連中はわたしたちの素性を知らないから、追跡しようがない。これでパーフェクト」

「わかったよ」

「まずはクルーザーを見つけることが先決。ヨコチンも五時にはホテルに来てね」

電話を切る。吐息が漏れた。やることがいっぱいだ。この間にもフルテツは中国人コンビを探し回っている。捕まらないことを祈るだけだ。

ふと白鳥のことを思った。今頃三浦半島に沿って、真冬の海を単独航海していることだろう。まったく、どんな人生だ。千恵は自分の血が恨めしくなり、一人顔をしかめた。

午後五時前に、ヨコケンもミタゾウもキャピトル東急前に現れた。ミタゾウはグレーのスーツ姿、ヨコケンは黒の革の上下、千恵はジーンズにＭＡ－１を着ていた。三人ともばらばらだ。

インターネットで調べたら、東京湾にマリーナは十二箇所あった。いざとなったら夜を徹して探し回ればいい。不法侵入したってかまわない。

「フルテツのやつ、今夜にでもまた新大久保詣《もう》でをするみたいだぜ」ヨコケンが言った。盗聴役は舎弟にバトンタッチしたようだ。

「そうだろうね。いちばんの手がかりだし」

「あの界隈の駐車場をしらみつぶしに調べて、まずはトイツの使ってるベンツを捜索してるよ。プロだねえ、フルテツは。手順に無駄がないや」

「また大久保通りか。今夜はジャンプしなくても済みますように」千恵が十字を切る。ストロベリーが不思議そうに見たので、鼻の頭をつついてやった。

中国人コンビからはまた画廊に脅迫電話があった。タケシがそれをとった。「古谷なんか少しも怖くないぞ」と吠えていたらしい。タケシに昨夜のことを教えてやると絶句していた。「おねえちゃん、気をつけてね」と泣かせることを言った。

ロビーで鉢合わせする危険を避けるため、エントランスの出口側にアルファロメオを停め、中から見張ることにした。目立たない服装のミタゾウだけがドア付近に立つ。

白鳥がタクシーでやって来たら、入れ替わりに乗り込むという算段だ。念のため、伊達眼鏡《だてめがね》をかけさせた。誰が見ても、人畜無害な会社員だ。

クリスマス・シーズンということもあり、ホテルには着飾った多くの男女が出入りしていた。楽しげな笑顔が、あちこちで揺れている。

「クロチェ、金が入ったらどうするのよ」助手席でヨコケンがぽつりと言った。

「カフェでも開いて、あとは遊んで暮らす」

「カフェか。いいな。おれも一枚嚙《か》ませてよ。イデーの家具なら安く入るルートがあるぜ」

「うん?……そうね、考えとく」前を見たまま答える。簡単に断るのは可哀想《かわいそう》な気がした。

「ミタゾウはキリバスだってよ」

「知ってる。聞いた」

「なんだ、知ってんのか」ヨコケンの口調がかすかに沈んだ。

「ゆうべ、ほら、ヨコチンが盗聴器を仕掛けに行ったとき、そんな話をしたから」

勘ぐられそうなので言い訳した。たばこを取り出し、火をつける。サンルーフを少しだけ開け、煙を空に逃がした。

「おれは事業を拡大するぜ」とヨコケン。

「そう」千恵が心の中で苦笑する。ミタゾウと話していた通りだ。

「パーティー屋なんかやめだ。儲《もう》からないし。おれ、こう見えても夢があってな、洋服のブランドを立ち上げたいわけよ。ユニセックスの、渋くてガキなんか着れないやつ。もちろんデザインはできないから、デザイナーをスカウトしてくるんだけど。クロチェ、よかったらアイデアを貸してくんないかな。クロチェ、ファッションのセンスいいし」

ハンドルに腕を載せ、エントランスを見張った。ミタゾウはマフラーに顎を埋め、玄関横で貧乏揺すりしている。

「なんならブランド名はクロチェでもいいぜ。なんか、響きがいいし。おれが勝手に呼んでるあだ名だけど、不思議と気に入ってな」

「来た」

「クロチェだって、最初は馴れ馴れしいと思ったかもしんないけど、今はいやがってるふうにも見えないし……」

「来たって言ってるでしょう」千恵は身をかがめ、同時に手を伸ばしてストロベリーの頭を押さえた。

白鳥がタクシーから降りるところだった。大きな頭が車の屋根越しにぬっと出た。照明を浴び、少ない銀髪が光っている。スーツではなく、カジュアルな出《い》で立ちだった。自宅に戻らず直接来た公算が高い。

ミタゾウがするすると歩み寄り、入れ替わりにそのタクシーに乗ろうとした。ドアボーイが駆け寄り、なにか話しかける。どうやら後方で客待ちをしているタクシーに優先権があるらしく、そっちに乗ってほしいと言っているようだ。

ミタゾウが強引に乗り込む。ドアが閉まる。なんとか押し通したらしい。千恵は車を発進させ、タクシーのあとを追った。行き先は銀座方面ということになっている。その間に聞き出すのだ。

渋滞の中、タクシーがゴーストップを繰り返す。はぐれないよう真うしろにつけた。すると、一キロも走らないうちにタクシーがハザードランプを点灯させ、路肩に停車した。

ミタゾウがあたふたと降りてくる。「お金がないんです。銀行で下ろし忘れて」窓を叩いて言った。

「馬鹿か、おまえ。おれたちがついてるんだから、そのまま行けばいいだろう。降りたところで払ってやるよ」ヨコケンが窓を下げ、声を荒らげた。

「晴海《はるみ》です」

「ああ？」

「あのタクシー、晴海埠頭の近くで白鳥を乗せたそうです」

「もう聞き出したの？」千恵が目を丸くした。

「一万円です。金に転ぶ人でラッキーでした。早くお金を」

ヨコケンが金を出し、受け取ったミタゾウがタクシーに走って戻り、運転手に手渡した。なるほど、買収の方が手っ取り早い。

「じゃあ、行きましょう」ミタゾウが後部座席に乗り込んだ。「トリトンスクエアの付近で拾ったって言ってました」

千恵がマリーナのリストを開く。そのものずばりの「晴海マリーナ」が存在した。

「三田君の推理、当たったね」千恵の気がはやった。白鳥は、やはりクルーザーを金の隠し場所に選んだのだ。

アルファロメオのアクセルを強く踏んだ。年の瀬の東京の道を縫うように走った。


晴海マリーナに白鳥のゴールドラッシュ号はなかった。係員に聞いてあっけなく判明した。ここのマリーナは完全会員制で、ビジターの係留を受け付けていなかったのだ。

見学を申し入れると、一旦は断られたが、ミタゾウが名刺を出したら許可された。クルーザーの係留先を探していると、何食わぬ顔で嘘をついたのだ。「三田物産の三田」でマネージャーまで出てきた。案内付きで、係留されたすべての船舶をチェックすることができた。しかし十数艇あるだけで、疑いようがなかった。白鳥はこのマリーナに来ていない。

「そううまくはいかないか」千恵は大きく息を吐き、無理に明るく言った。落胆している暇はない。あの金が不動産取引に使われたら、すべてがジ・エンドだ。

クラブハウスのレストランでハンバーガーを食べた。三人ともろくに食事を取っていなかったので、むさぼるように食べた。温かいポタージュスープが胃袋に沁みた。

「それじゃあ、残りの十一箇所をすべて調べますか」とミタゾウ。

「でも、マリーナじゃなくて、どこかに不法係留してるかもしれないだろう」とヨコケン。

「十億積んで、不法係留をする馬鹿はいないんじゃない。路上駐車と一緒だもん」

「とにかく、その前に晴海埠頭の沿岸を一周だ。ここからタクシーに乗ったのは事実だから、この近辺に係留した可能性がいちばん高いんだよ」

「そうだね。一応見ておこうか」

コーラを流し込み、立ち上がった。時間に余裕はない。

車で二百メートル移動しては停め、徒歩で沿岸を調べた。マリーナ以外にクルーザーやヨットは見当たらなかった。あるのはタグボートや運搬船といった作業船ばかりだ。

埠頭公園はカップルだらけだった。白い息を吐きながら、体をくっつけ合っている。対岸の高層ビル群が、百万の光を放っている。東京タワーは赤い服を着たガリバーに見えた。

ストロベリーが跳ねるように走った。そういえば、全然散歩をさせていない。これが終わったら海に連れて行ってやろう。砂浜を好きなだけ走らせるのだ。

立ち入りできない沿岸が半分近くあり、すべてを見ることはできなかった。ただ、立ち入り禁止区域はセメント会社や郵船会社といった企業の私有地となるため、白鳥が船を係留することはできない。

「ないね。諦《あきら》めてほかのマリーナを探しに行こうか」千恵が言った。

「そうですね。まずは電話で問い合わせてもいいし」

「個人情報だぞ。そう簡単に教えてくれるもんか」

なんとなく諦め難く、車で徐行しながら沿岸を見ていた。白鳥がほかのマリーナに係留したとしたら、晴海からタクシーに乗った理由がつかめない。

「ストップ！」そのときヨコケンが声をあげた。見ると、通り沿いの「晴海エンジニアリング」という看板を指でさしていた。何の変哲もない町工場といった外観だ。

「暗くて見逃してた。ほれ、社名の下を読んでみろ」

各種船舶販売、登録代行、船検整備――。

「整備工場だ！」千恵は思わずブレーキを踏んだ。急いで車から降りる。すでに業務は終わっていて、建物全体がしんと静まり返っている。作業場の並びに高さ二メートル半ほどの塀があり、見上げればクレーンらしき鉄柱があった。通用口はもちろん施錠されている。

「どっちか肩を貸して」千恵が言うと、ヨコケンが「ああ、いいよ」と歩み出た。ヨコケンが塀に手をつく。「靴、脱がなくていいから」その言葉に甘えることにした。

周囲に人がいないのを確認して、ヨコケンの肩に乗った。踏み台にして中をのぞく。競技用のプールほどのドックがあり、数艇のクルーザーが係留されていた。陸《おか》に引き上げられているものもあり、いちばん手前にいかにも高価そうな舟艇があった。薄闇の中で目を凝らす。かすかな街灯の明かりを浴び、白いボディに「GOLDRUSH」の文字が見えた。

「あった！」千恵が声を弾ませる。「ビンゴォ」ヨコケンが低く唸った。白鳥は、定期点検などの理由をつけて、この工場にクルーザーを預けたのだ。

「中に飛び降りられるか」

「うん、平気」

「あとから、おれたちも入る」

千恵は塀を乗り越え、一度ぶら下がってから音を立てないよう着地した。辺りをうかがう。大丈夫だ。誰もいない。白鳥のクルーザーは、陸の上に木製の台座に固定されていた。船底を軽く叩いてみる。「ひえーっ」という声に振り返ると、ミタゾウが落ちてくるところだった。

地面で尻餅をついている。「この運動音痴。人の頭まで踏み台にしやがって」ヨコケンが塀の上で顔をしかめていた。ヨコケンは二メートル半の塀を一人でよじ登ったようだ。

「そんなことしなくても、内側から通用口を開けてあげたのに」

「早く言ってください」ミタゾウが尻を押さえていた。

クルーザーのうしろ側に梯子《はしご》があったので、そこからデッキに上がった。二人もそれに続く。船体後尾はパーティーでも開けそうなフロアで、その正面に扉があった。この奥が船室なのだ。

ノブに手をかけるが鍵がかかっていた。デッキの端を渡り、窓から中をのぞく。レースのカーテンが邪魔だが、なんとか様子はうかがえる。

千恵は、ヒップバッグからマグライトを取り出して照らした。内部は豪華なリビングルームにしつらえてある。ここには何もなかった。さらに前方へ進む。今度は丸い窓があり、のぞくと中はキッチンだった。そしてその床に、ジュラルミン・ケースは積まれてあった。シーツで覆ってあるものの、生地が足りず、下からメタリックな箱が顔を出している。

「ワオ。あれが十億か」ヨコケンがため息混じりに言った。

「ここの整備工場の人間も、まさかこの船に大金が積んであるなんて、思ってもいないでしょうね」ミタゾウは隣で顔を紅潮させていた。

窓は人が入れる大きさだった。割って侵入すれば、中からドアを開けて金を運び出せる。

一瞬、この場で自分のものにしたい誘惑に駆られた。

「だめだからね」千恵が自分に言い聞かせるように言う。

「わかってるって」通じたのか、ヨコケンが応じてくれた。目指すは完全犯罪だ。しばらく三人で眺めていた。苦労の末なので、小さな感慨もあった。

なんとか金のありかはつきとめた。さて次なる問題は、どうやって中国人コンビをここに誘導するか、だ。

千恵のケータイが鳴る。タケシからだった。白鳥はキャピトル東急に部屋を取り、そこに泊まるとのことだった。「さっき、着替えや書類をベントレーと一緒に届けたから」タケシが呑気《のんき》な声で言っていた。身の安全を考え、契約が成立するまで籠《こも》るつもりなのだろう。

まあいい。居場所がわかっていれば、何か打つ手はあるはずだ。

「ああ、そうだ。白鳥に連絡を取る方法はあるか、聞いてください」ミタゾウが横から口を挟んだ。

千恵が言われたまま聞いてみる。タケシの答えは、転送サービスを使っているので画廊へかければ白鳥のケータイにつながる、とのことだった。

「それがどうかしたの？」

「いや、ちょっと考え事を……」

向き直り、三人並んでデッキに腰を下ろした。足をぶらぶらと揺らした。見上げると、そこは満天の星空だった。

「こういうのは、どうですかね……」ミタゾウが、静かに口を開いた。

6

出るときは塀を越えないで、通用口を使った。内側から鍵を外し、そのままにして出た。

そして首都高速を飛ばして渋谷へ行った。プリペイド式の携帯電話を買うためだ。足のつかないプリペイド式を手に入れる必要があった。この先、公衆電話を探している余裕はない。

センター街で売人を摑まえ、ヨコケンがあっさりと手に入れた。まるでたばこでも分けてもらうような気安さだった。

「ま、ここいらはおれの庭みたいなもんだからよ」ヨコケンは得意気に手で髪を撫でつけた。

続いて、昨夜の店でカラーボールを買った。ぶつけると破裂して塗料が飛び散るという、銀行が強盗用に常備する品物だ。色を問われ、千恵が蛍光ピンクを選んだ。

ついでに道玄坂へアキラの様子を見に行った。雇い主の言いつけを守り、ちゃんと盗聴を続けていた。ただし女連れだ。頭の悪そうな若い女が、助手席で髪をいじっている。

「いや、その、カップルの方が怪しまれないだろうと思って」アキラはしどろもどろで言い訳した。

「いいから報告しろ」ヨコケンが額を指で弾いた。

「フルテツは事務所にいます。あちこちに電話をかけまくってて……」

アキラの話によると、フルテツは、中国人コンビをかくまった台湾マフィアと一戦構える覚悟らしい。周辺の同業者に断りを入れ、ついでに牽制《けんせい》したのだ。

「フルテツも強気だねえ。ま、形としては顧客の金を強奪されたっていう大義名分があるわけだから、当然といえば当然だけど」

おまけに週刊誌入りのケースをつかまされたとなれば、メンツのこともあるのだろう。

「それから、トイツの使っているベンツを割り出して、何か仕掛けたみたいです」

「割り出した？　何か仕掛けた？」

「ええ。そのベンツは自動車窃盗団から買ったもので、その線から……。仕掛けたっていうのは、ＮＴＴのなんとかって言ってましたけど。それで泳がせるそうです」

「ＮＴＴ？　なんだろう。少なくとも爆弾ではなさそうだな」

「社長、これって、いったい何なんスか」

「聞くな。たぶん今夜限りだ。終わったら、臨時ボーナスとして十万やるからな」

「十万ッスか」

アキラが声を弾ませる。なんて安上がりな使用人なのか。

再び車に戻り、今度は骨董通りのマンションに向かった。一日置いただけなのに久しぶりのような気がした。その間、いろいろあり過ぎたのだ。

部屋に入り、ストロベリーに伏せを言いつける。腕時計を見る。午後九時になろうとしていた。

これから、ミタゾウが考えたシナリオを実行に移す。どこまでうまく行くか、千恵には見当もつかない。ただ、ミタゾウが異才の持ち主なのはわかった。自分なら頭がショートすることだろう。当人の弁によると、逆算式を使ったのだそうだ。

ヨコケンが、さっき買ったケータイを手にした。ひとつ咳払《せきばら》いをする。千恵とミタゾウに目で合図したのち、あらかじめ調べておいた永福飯店に電話を入れた。

「支配人さんですか。実はわたくし、白鳥武蔵の代理人なんですが……。チャイナ・トレーディングの王さんか張さん、そちらにいらっしゃいますか」

「なんのこと。そんな人知らないよ」スピーカーから支配人の硬い声が聞こえた。

「ひとつ伝言をお願いしたいのですが」

「だから、知らないって言ってるでしょう」

ヨコケンはかまわず話し続けた。

「白鳥はチャイナ・トレーディングの一億円を返してもいいと言っています。この先、命を狙われ続けるというのは御免こうむりたいと申しておりまして。どうでしょう、悪くない話だと思うのですが」

支配人が黙った。電話の向こうからは店内の喧騒が聞こえてくる。

「金は別のところに隠してあります。画廊や自宅を襲っても無駄です。もしも話に乗るのなら、白鳥がこれから金を取りに行きます。もちろん、条件はありますが。二人だけで来ること。武器は所持しないこと」

「信用できないね」支配人が低い声で言った。「古谷とかいうやくざが待ち構えてるんじゃないのか」

「そちらのことは古谷から聞きましたが、古谷はこの件にタッチしません。それに、取引場所はホテルのロビーにします。人目があるから、お互いに安全です」

ミタゾウが千恵に合図を送ってきた。千恵は無言でうなずき、玄関に向かって歩いた。自分を落ち着かせようと一回深呼吸する。

「とにかく、伝えていただけませんか。こちらのケータイの番号を教えます――」

千恵は玄関を開け、手を伸ばしてチャイムを押した。部屋の中に、甲高い呼び出し音がこだました。ヨコケンが話すのを止《や》めた。すぐさま忍び足で部屋に戻る。三つ数えた。そして、「ルームサービスでございます」と明るい声で言った。

「コーヒーお二つですね。テーブルでよろしいでしょうか」

「ケータイの番号、言いますよ」

「白鳥様、いつも当ホテルをご利用いただき、ありがとうございます」

「ちょっと、君――」

「ロビーが混雑して申し訳ありません。さっきまで、裏の日枝《ひえ》神社で夜店が出てたんですよ。そのお客さんが流れて……。赤坂界隈は今、人でいっぱいですよ」

「おい、静かにしてくれ」

「あ、すいません」千恵はここで声をひそめた。「お電話中だったんですね」さも申し訳なさそうに言う。

「いいから、置いたら出てってくれ」ヨコケンが声をとがらせた。「ああ、いや。こちらの話です。失礼しました。では番号を言います。〇九〇、八八四九の……」

ミタゾウが指でオーケーサインを出した。千恵の言葉は、向こうに伝わったはずだ。

「承諾するのなら電話をください。こちらも金を用意しなければならないので、早めにお願いします」

「……一応、伝えるけどね」支配人がそう答え、電話は切られた。

三人で顔を見合わせる。「ばっちりだぜ」ヨコケンが興奮した面持ちで言った。

「日枝神社でわかるかな」と千恵。

「東京で暮らしてりゃあ、チャイニーズだってわかるさ。赤坂界隈で日枝神社が裏手にあるホテルっていったら、キャピトル東急しかないだろう」

「向こうは動いてくる？」

「じっとはしてないね。白鳥の居場所がわかったんだぜ」

「じゃあ行きましょう。ぼくの予想では、トイツは駐車場前に現れるはずです」

急いで部屋を出た。エレベーターはもどかしいので、二段飛ばしで階段を降りた。

体が熱く火照《ほて》った。まずは順調なスタートだ。

キャピトル東急の、駐車場出入り口が見える路肩に車を停めた。ただし五十メートルは離れている。この手前に、もう一台やって来る予定だからだ。

ケータイが鳴る。弾かれたように三人が腰を浮かした。

「おれのケータイだよ。アキラだ」とヨコケン。プリペイド式の方ではなかった。

「フルテツが出かけました。トイツのベンツが動いたとか、圏内に入ってきたとか、そんなことを言ってましたけど」アキラが言った。

「動いた？　どういうことよ。フルテツはトイツの所在をつかんでるのか」

「わかんないッス。とにかく、留守番を一人残して全員が出動しました」

ヨコケンは眉に皺《しわ》を寄せ、ケータイを切った。

「なんだか知らねえけど、包囲網は着実にせばまってるみたいだぞ」

「大丈夫です。あと一、二時間、逃げ切ってくれればいいんです」

「この作戦がうまくいったとき、トイツはどうするかな」髪を輪ゴムで束ねながら、千恵が聞く。

「地団太を踏みながらも、国に帰ると思います。あとは日本にいても危険なだけだし」

「よし」自分に気合を入れるように、てのひらで頬を張った。

「来たっ。ベンツだ」そのときヨコケンが声をあげ、身をかがめた。

最上級のメルセデスベンツが、アルファロメオの横をゆっくりとすり抜けていく。

「あれかな」

「たぶんそうです。二人乗ってます」

男二人の頭が見えた。そのまま路肩に停車する。助手席の男がケータイを手にするのがシルエットで見えた。

「かかってくるぞ」ヨコケンがプリペイド式のケータイを手にした。

千恵の心臓が高鳴る。固唾《かたず》を呑《の》んで見守った。けれど着信音は鳴らない。

「どうして？」

「わかんねえ。ちがうのか？　人違いか？」

すると一分後にケータイが鳴った。永福飯店の支配人だった。直接のコンタクトを避けたのだとわかった。

「チャイナ・トレーディングの二人、おたくの取引に応じるそうよ。だから時間と場所を指定して」

支配人が重々しい口調で言う。やった。千恵は心の中で叫び、奥歯を嚙み締めた。

「言っておくけど、わたしはあくまでも連絡役を引き受けただけで、今回の件は無関係だからね。事情も知らないし、知りたくもない。いい？」

「わかりました。それでは金を用意しますので、一時間後に、キャピトル東急のロビーラウンジということで」ヨコケンが答えた。「こちらは穏便に済ませたいので、くれぐれもご協力を」

「それはこっちの台詞ね」

電話が切れる。車内で二人とハイタッチした。中国人コンビは、餌に食らいついてくれたのだ。

「よし。じゃあ次、行くぞ」ヨコケンがボタンをプッシュした。白鳥の画廊の番号だ。

「オーケー。タケシ君の言うとおり。転送されてる」

「もしもし」スピーカーから白鳥の声がした。警戒したような口調だ。

「あ、白鳥さんですか。毎度お世話になってます。夜分にすいません。わたし、晴海エンジニアリングの者なんですけどね」

ミタゾウのこのシナリオを聞いたとき、千恵は感心を通り越して放心した。この男、やっぱり変だ。

「実はさっき会社の防犯装置が作動して、警備員が駆けつけたんですよね。それでわたしも連絡を受けて行ったんですが、白鳥さんのクルーザーに何者かが侵入しようとした形跡があるんですよね。船室ドアの鍵穴が傷ついてて」

「えっ、ほんとに？」白鳥はそう言ったきり、言葉を失った。あわてぶりが想像できた。

「事務所が荒らされてて、そっちは元々金目のものなんかないからいいんですけど、お客さんの船の方が大事だから」

「そうだよ、管理はしっかりしてくれよ」

「幸い、警報ブザーが鳴ったから逃げてくれましたけど、どうやらお客さんから預かった鍵を物色したらしくて……。白鳥さんのクルーザー、別に貴重品が積んであるとか、そういうことないですよね」

「ああ、ないけど……」と白鳥。十億円積んであるとは、口が裂けても言えないだろう。

「それだけ確認したかったんです。いえね、自動車とちがって船舶の盗難なんてのは滅多にないし。悪戯《いたずら》されるって話も聞かないし」

「ああ、まあ、そうだろうけど」

「通用口の鍵がバカになってて。こっちも悪いんですが、明日には直しますんで」

「おいおい、無用心じゃないか」

「とにかく、貴重品がないかどうかだけ確認したかったんです。どうもすいませんでした」

ヨコケンが電話を切る。こっちはたいした役者だ。いかにも整備工場の従業員風だ。どうだと言わんばかりに千恵を見る。

「ヨコチン、うまいっ」親指を立てて褒めてやった。

「さてと、これで白鳥が動いてくれるか、ですが」

「動くさ。大あわてで出てくるさ」

車の中で待った。気持ちが焦《じ》れ、みなが無口になった。ラジオからは、クリスマスイブのイベント情報が聖歌をＢＧＭに流れてくる。千恵は祈るように胸の前で手を組んだ。すると五分ほど経って、ワインレッドのベントレーが、その大きな車体を駐車場から現した。

「イエーッ」三人で声をあげた。ストロベリーが驚いて、首をひょいと立てた。

中国人コンビが乗ったベンツが動き出す。千恵もアルファロメオを発進させた。もちろん、行く先は晴海埠頭だ。

「気づかれないようにしないとね」千恵が言った。

「大丈夫さ。尾行してるやつは、尾行されてるなんて夢にも思わないさ」助手席でヨコケンが身を乗り出した。

街には酔客の姿が目立った。成功したらワインを浴びるほど飲もう。それは、今夜だ。

昭和通りを越えると途端に交通量が少なくなった。念のため、間にタクシーを入れ、距離を開けて尾行した。ベンツとベントレーのテールランプが、数十メートル前方で揺れている。

「ねえ三田君。手順をもう一度言って」

これからがクライマックスだ。一度きりのトライで、ミスは許されない。

「白鳥は晴海エンジニアリングの前に車を停め、金をベントレーに移します。それを見たトイツが、間違いなく強奪しようとします」

「白鳥、殺されないかな」大嫌いなパパだが、死なれると寝覚めが悪い。

「よほど抵抗しない限り、それはないでしょう。死体が出たり行方不明になれば警察が動く。金だけ奪えば事件にもならない。どちらを選ぶかは明白です」

「わかった。それで、その場では邪魔しないわけね」

「そうです。トイツに奪わせます。やつらはベンツに金を積んで、この場を離れます。地理に詳しくないだろうから十中八九Uターンします。地理に詳しければ尚《なお》Uターンします。その先は埠頭公園でカップルがわんさかいるからです。だから我々はコンテナの陰に潜んでいて、来たところでフロントガラスにカラーボールを投げつけます」

「外れたら？」

「みんなで泣きましょう。とにかく、それで停まらないにせよスピードは落ちます。おまけに窓を開けます。前が見えないからです。そこへアルファロメオに乗った我々が並びかけます。向こうも右ハンドルだから、右側につけること。助手席の中国人にピストルを使わせないためです。そして車内へ催涙ガス弾を放り込みます。これで百パーセント、ベンツは停まります」

「じゃあ、わたしたち、その前にガスマスクを用意しておくわけね」

「そうです。停車したら、トイツが外に飛び出たところでストロベリーの出番です。吠えまくって車から遠ざけます。その間にジュラルミン・ケースをアルファロメオに積み替えます。この車はトランクが小さいので、たぶん三つが限度でしょう。リアシートに五つ、残りの二つは助手席で横山君が膝に載せる。おそらく三分程度ですべて済むはずです。誰かに目撃されても無視します。被害届が出ない以上、警察は動きようがありません」

「うん、わかった」

千恵は運転しながら左手をうしろに伸ばし、ストロベリーの顎を撫でた。頼んだよ、怪我《けが》しないでね。心の中で話しかけた。

「任せとけ。おれは元野球部だ」ヨコケンが前を見たまま、自分を鼓舞するように言った。

晴海埠頭につながる黎明橋《れいめいばし》を渡ると、緊張で脈が速くなった。左手にはトリトンスクエアのネオンが輝いている。東京は変わったな、と千恵は思った。子供の頃、晴海なんてただの埋立地だった。免許のない高校生が、車の運転の練習をするところだった。

晴海三丁目の交差点を過ぎると、対向車がゼロになった。時計は午後十時を回っている。もはや埠頭に人影はない。あと二百メートルも走れば岸壁で、突き当たりを右折すれば晴海エンジニアリングの建物が見える。千恵は車のヘッドライトを消した。

ベントレーが右折した。距離を空け、ベンツも右折する。千恵たちも続いた。

しばらくしてベンツのブレーキランプが灯《とも》る。右側に並ぶコンテナとコンテナの間にするりと入り込んだ。すぐ先の晴海エンジニアリング前で、ベントレーが停車したからだ。

千恵たちも倣《なら》った。スモールランプも消し、音を立てないように降りる。コンテナの陰から顔だけのぞかせた。三人の頭が、トーテムポールのように縦に並ぶ。

五十メートルほど前方で、中国人二人が同じように雁首《がんくび》を連ねていた。そこから晴海エンジニアリングまではさらに五十メートルある。

ベントレーから着膨れした白鳥が降りた。街灯の位置関係からシルエットしか見えない。身をかがめるようにして歩き、通用口のドアノブに手を伸ばした。ドアが開く。二度、三度、周囲を見回してから中に入った。

「さすがに警戒しているみたいですね」ミタゾウが小声で言った。

「そりゃそうよ。白鳥にしてみれば、どうしてここがばれたんだって、信じられない思いのはずよ」千恵の声がかすれた。喉がからからだ。

突風が吹き、コンテナの間を突き抜けていった。巨大な鉄の箱が揺れる。周囲で空気がヒュルヒュルと鳴った。

「風が強いね。催涙ガスを使うには不利なんじゃない」

「車の中に放り込むから関係ないでしょう。一度吸い込めば戦意喪失です」

「おい、お出ましだ」

白鳥が両手にジュラルミン・ケースをぶら下げて出てきた。中国人二人組が色めきたつ。弾かれたように身を翻し、車に乗り込んだ。エンジンが咆哮《ほうこう》を上げる。急発進した。いよいよ始まった。

ベンツは猛スピードで疾走すると、晴海エンジニアリング前で急停止した。タイヤが悲鳴を上げ、倉庫街にこだました。

鳥の羽のように、二つのドアが同時に開いた。男たちが降りる。一人がロープを持っているのが見えた。

すぐさま白鳥に駆け寄り、二人がかりで体を押さえつける。白鳥は突然のことに身を硬直させ、ケースを下に落とすだけだった。そのままもつれるように、男三人が通用口から中へ入っていった。

「ねえ、あいつらロープ持ってたよ。首絞めるんじゃない？」千恵が言った。

「落ち着けよ。縛り付けるだけだって」

「さらったりしないかな」

「なんで白鳥をさらうんだよ。欲しいのは金だけだろう」

お尻のあたりがむずむずした。じっとしていられない気持ちになった。

五分後、中国人二人組がケースを持って出てきた。ベンツのトランクケースを開け、積み込む。白鳥は縛られて、クルーザーの中に転がされているのだろう。

男たちは三往復した。いくつかは後部座席に押し込まれた。彼らの強奪は成功したのだ。

「よし、いよいよだぞ。ミタゾウ、用意はいいか」ヨコケンが言った。

「いいです」二人はカラーボールを手にしていた。

「クロチェ、車に乗れ。ギアを入れてサイドブレーキを外しておけよ」

「わかった」千恵が車へと駆ける。

「おい、やばいぞ！」ヨコケンが声をあげた。「あいつらUターンしねえぞ」

振り返る。千恵は絶句した。ベンツはそのまま埠頭公園の方角へ走り出したのだ。

「三田君、ちがうじゃない！」

「大丈夫です。埠頭を出るには三丁目の交差点を通るしかありません。先回りして待ち伏せれば同じことです」

三人が大急ぎで車に乗り込んだ。発進させ、いきなりスピンターンさせた。体が右に振られる。歯を食いしばった。顔が熱くなった。来るならこいという気になった。

再び大通りに戻る。「交差点を左折しろ。この道を通るはずだ」ヨコケンの指示に従い、ウインカーを出したときだった。

突然、対向車線から旧タイプのランドクルーザーが右折してきた。それもタイヤを鳴らしながら。

「きゃっ」千恵が悲鳴をあげる。避けようとハンドルを思い切りきった。後輪がスライドする。ランドクルーザーに速度を緩める気配はなく、その鼻先がアルファロメオのバンパーを掠《かす》めていった。

「なんだ、あの車」ヨコケンが助手席でひっくり返り、声を荒らげる。続いてもう一台来た。黒いポルシェだ。ランドクルーザー同様、猛スピードで交差点を駆け抜けていく。

「横山君、あの車！」ミタゾウが大声で言った。ヨコケンが言葉を失う。

「お、おい。おれの車……フルテツだ！」

「ねえ、どうしよう」

「わかんねえよ！」

「とにかく停めましょう。計画は中止です。近寄るのは危険です」

またコンテナの陰に車を停めた。次の瞬間、前方で派手な衝突音がした。何事か。

三人で車から降りて、顔だけのぞかせた。

「なんて無茶しやがんだ……」ヨコケンが茫然自失《ぼうぜんじしつ》の体で言う。声が裏返っていた。

ランドクルーザーが、対向車線を走ってきたトイツの運転するベンツに、斜め前から激突したのだ。

ちょうど街灯の下だったので、エアバッグが膨らんだのまで見えた。フロントガラスの向こうはバルーンですし詰めだ。エンジンルームからは白い煙が立ち昇っている。ラジエーターが破裂したらしく、蒸気も上がっていた。

男たちが一斉に降りてきた。ランドクルーザーに四人、ポルシェに二人の計六人だ。中にフルテツがいた。胸を反らし、仁王立ちする。一際大きく見えた。

「兄貴！　間に合いました。まだ船には積んでません。テンボウは車ん中です！」駆け寄ったやくざの一人が声を発する。その場の全員が色めき立った。

「よっしゃあ！　天は我に味方せり！」

フルテツが雄叫《おたけ》びをあげた。興奮している様子が、離れていてもわかった。

「日本のハイテク極道をなめるなよ。ケータイの位置追跡システムだァ。台湾にはねえだろう。がっはっは」

凶暴な笑い声が冬空に響く。そうか、アキラが言っていた。フルテツたちは、中国人コンビのベンツを探し当て何かを仕掛けた、と。千恵は足がすくんだ。やくざの本当の怖さを垣間見た気がした。

フルテツの手下たちが拳銃を手にベンツを取り囲んだ。台尻で窓ガラスを叩き割り、中国人コンビを車から引きずりおろす。二人組は必死に手を振り解くと、倉庫の路地をめがけて駆け出した。

「このチンカスどもがァ」フルテツを含む数人が追いかけた。乾いた靴音がアスファルトに響く。そこへ若者グループが乗ったスポーツクーペが二台、通りかかった。やくざたちににらみつけられると、顔をこわばらせ、加速して逃げていった。

「おい、トイツは追うな。テンボウが先だ」フルテツが指示を出し、やくざたちはトランクと後部座席のドアを開け、ジュラルミン・ケースを積み替えた。

「どうする？」千恵が聞いた。「催涙ガスで突撃する？」そんな意思はないのに聞いた。

「自殺行為だろう、それは」とヨコケン。

「やめましょう。風が強いので催涙ガスはリスキーです」ミタゾウがもっともな理由をつけてくれた。

「十億円、フルテツに獲られちゃうね」

「ああ、そうだな」

「なんともならないね」

「そうですね」

三人で黙って見ていた。目前の出来事なのに距離感があった。まるでスクリーン上で起きているドラマを眺めるような。

ものの一分で積み替え作業は終わった。長居は無用とばかりに二台の車が発進する。金さえ手にすれば、中国人コンビなど用なしなのだろう。

二人組がしばらくして戻ってきた。倉庫の陰からそっと様子をうかがい、恐る恐る出てきた。そしてフロント部分が大破したベンツを前にして、中国語で激しい言い合いを始めた。ああチャイニーズだな、と千恵は場違いなことを思った。自分なら、三十分は口が利けない。

二人組はベンツに乗ると、エンジンから白煙を上げながら走り去っていった。何かの焦げた臭いが鼻をついた。

「捕まえて東京湾には沈めなかったね」千恵がぽつりと言う。

「深追いは避けたんだろう。目撃されたし」

「フルテツ、確か位置追跡システムとか言ってましたね」

「うん、言ってたね」

「最近、ケータイ画面でわかるやつが出ましたから。徘徊《はいかい》老人やペット用とかいうやつ。その発信機をベンツの床下にでも仕掛けたんでしょうね」

返事をせず、ため息をついた。なんてフィナーレだ。今夜から、当分寝込みそうだ。えもいわれぬ疲労感に襲われた。頭の中までぐったりと、脳味噌《のうみそ》が豚肉のレバーになってしまったような。

「白鳥はどうします？　クルーザーで縛られてますよ」

「放っておけば。明日になれば、誰か助けてくれるだろうし」

「凍死したら可哀想ですよ。ちょっと行ってロープだけ解いてきます」

「見られるじゃない。こっちの企《たくら》みがばれちゃうのよ」

「目出し帽を被ります。喋《しゃべ》らなきゃいいし」

ミタゾウが駆けていく。なんとまあ、やさしいことか。千恵は車に戻り、シートに身を沈めた。何もする気力が起きない。ヨコケンも助手席で黙っていた。

千恵のケータイが鳴る。ミタゾウからだった。

「何よ」ぞんざいに返事をする。「縛られてたのは、白鳥じゃなくてタケシ君でした」

ミタゾウの言葉に跳ね起きた。

「うそ。どういうことよ」

「さあ、こっちも驚いてるんです」

ギアを入れ、車を発進させた。晴海エンジニアリング前まで大急ぎで駆けつけた。

7

タケシは青い顔をしていた。ダウンジャケットの襟に顎を埋め、唇を震わせている。

「おねえちゃん……」泣きそうな声を出した。

「どうしてここにいるのよ。説明しなさい」

「ホテルでパパの仕事の手伝いをしてたら、電話がかかってきて、クルーザーが荒されてるっていうから、パパが『おまえ、ちょっと見に行って、中のケースを運び出して来い』って」

千恵は天を仰いだ。なんて男だ。息子を危険な目に遭わせて。

「なんでパパの車に乗ってるのよ」

「パパがベントレーで行けって言うから」

腰に手を当て、大きく息を吐いた。どうしてこういう紛らわしいことをするのか。

そのとき、一台の車がゆっくりと近づいてきた。何気なく目をやる。ミニバンだった。どこかで見たことあるなと思ったら、目の前で停車し、中年の男が降りてきた。

「パパ！」千恵は目をむいた。

「こんなことだろうと思ったぞ」白鳥が低い声で言った。「こんなボロ整備工場に防犯システムなんかあるもんか。一声聞いて怪しいと踏んだんだよ」

ズボンをたくし上げ、腹を揺すった。「ふん」口を歪《ゆが》めて笑っている。

「それじゃあタケシを囮《おとり》にしたわけ？」

「先発隊と言ってくれるか。タケシを先に行かせて、おれはあとから来て様子を見てたんだ」

「信じられない、息子が可愛くないわけ？」

「獅子《しし》は我が子を千尋《せんじん》の谷に突き落とすって言うだろう。ははは」

「誰が獅子よ。馬鹿じゃないの」

千恵はふと違和感を覚えた。十億円を奪われたというのに、白鳥は平然としている。

「……ねえ、あわてないわけ？　十億、持っていかれちゃったでしょう」

「十億？　さて、なんのことやら……」

白鳥が口の端をひょいと持ち上げる。千恵の中で、血の気がするすると引いていった。まさか――。

「パパ。ジュラルミン・ケースの中って、もしかして……」

「おお、さすがは我が娘。理解が早いな。中身は新聞紙だ」

めまいがした。千恵はその場にへたり込んだ。ヨコケンとミタゾウは呆然《ぼうぜん》と立ち尽くしている。

そうか、今朝早く白鳥のマンションから運び出されたのは、十億ではなく新聞紙だったのか。わざわざ現金輸送車を手配して、さも金を移し替えるような振りをして……。あれはダミーだったのか。見張られていると知って罠《わな》を仕掛けたのか。そしてかかったのは、中国人コンビではなく、自分たちだった……。

今度は徐々に血が頭に昇った。千恵は立ち上がった。

「み、た、そー、い、ち、ろー！」ミタゾウに飛びかかり、ネクタイを摑んで絞めた。

「ちょっと、苦しいですよ」ミタゾウが顔をひきつらせてもがく。

「何がチャート式よ、もっともらしいこと言って。あんたの推理は出だしが間違ってたのよ！」

「そんなこと言われても――」

「うるさい。このアンポンタン。役立たず。むっつりスケベ。キス返せ！」

「クロチェ、落ち着けよ」ヨコケンが止めに入った。

「ヨコチンも何か言いなさいよ。こんなに苦労して、危ない目に遭って――」

「しょうがねえだろう。みんなが騙《だま》されたんだ。ミタゾウだけの責任じゃないぞ」

「ふん。仲間割れか」白鳥が鼻で笑った。「なにやら複雑そうだが、それは追々タケシから聞くとするかな。じゃあ、おれはここで失礼させてもらうぞ。ううっ、寒い。風邪《かぜ》でもひいたらかなわん」ブルゾンの襟を立て、再びミニバンに乗り込む。「ああ、そうだ。タケシ、ベントレーをどこか深夜営業のスタンドで洗車しといてくれ。あとで小遣いやるぞ」

「ねえ、パパ」千恵が白鳥の背中に声をかけた。

「なんだ」首だけで振り向いた。

「パパ、死ぬ前に自伝書いてよね。わたし読みたいから」

「おお、それはいいな。ベストセラーになるかもしれんな」

ドアが閉まる。安っぽい排気音を響かせ、走り去っていった。

「おねえちゃん、ぼくも帰っていい？」とタケシ。目が赤かった。

「いいわよ」ため息をつく。弟が不憫《ふびん》に思え、抱きしめてやった。

遠くで汽笛が鳴った。澄んだ空気の中、風に乗り、東京湾全体に広がった。そのまま富士山まで届きそうな勢いに思えた。

続いてパトカーのサイレンが聞こえた。さっきの若者グループが通報したのだろう。拳銃を振り回していたのだから、当然の成り行きだ。

たばこを取り出し、火を点ける。やけに辛かった。一口吸っただけで、アスファルトに投げ捨てた。風にあおられ、火の粉を散らしながら転がっていく。

「おい、行こうぜ」ヨコケンに促され、車に乗り込んだ。晴海埠頭をあとにする。橋を渡ったところで、数台のパトカーとすれちがった。見るからに重装備だったので千恵は微苦笑した。

「ところで、フルテツは、二度にわたってダミーをつかまされたことになりますね」ミタゾウが言った。「ジュラルミン・ケースだけが二十個……。荒れ狂うどころの騒ぎじゃないと思うんですが」

「ああ、そうだな。アキラに聞いてみるか」ヨコケンがケータイを操作した。

「あ、社長。今連絡しようとしてたんですよ」スピーカーから、あわてふためいた声が流れる。「なんか知んないッスけど、フルテツ大暴れ。戻ってくるなり、椅子は投げるわ、テーブルはひっくり返すわ。いや、見たわけじゃないんスけどね。たぶん事務所はむちゃくちゃになってますよ」

その光景が目に浮かんだ。フルテツ。なんてついてないやくざなのか――。もっとも、千恵には笑う気力もない。

「これから新大久保へ行って、今度こそトイツを捕まえるとか言ってます。ここまでコケにされて黙ってられるかって。ねえ社長、これっていったい何なんスか？」

「それより、十万の話な。あれ三万にしてくんねえか」

「えーっ。そりゃあないッスよ」アキラが抗議の口調で言う。ヨコケンのポケットでケータイが鳴った。今度はプリペイド式の方だ。三人、顔を見合わせた。このケータイにかけてくるのは中国人一味しかない。「じゃあ三万でな」強引にアキラの電話を切り、プリペイド式に出た。

「あんたら、嘘ついたね。古谷が待ち構えていたそうじゃないか。今しがた連絡が入ったよ」永福飯店の支配人が、声を押し殺して言った。

「よく言うよ。そっちこそ白鳥の車を尾行して、金を強奪しようとしただろうが」

ヨコケンが呆《あき》れ返ったように言う。聞いていて千恵は腹が立った。どいつもこいつも、正直に生きている人間はいないのか。

「こっちは不可解なことがいっぱいあるんだけどね。チャイナ・トレーディングは偽物を掴まされた。それなのに、どうして古谷に追い回されるのかね」

「さあ、中国人が嫌いなんじゃないの」

「ふざけては困るね。それから一億円を返すと言いながら、またしても古谷が出てきた。おかしいでしょう」

「あのね、おかしいのはそっち。日本ではね、盗人に質疑する権利はないの」

「まあ、いい。白鳥の息子は預かったからね。それだけ伝えておくよ」

千恵は急ブレーキを踏んだ。慌てて路肩に寄せる。いきなりのことに、声も出なかった。

「おい、それはどういうことだ」

「手ぶらじゃ帰れないから、たまたま車で通りかかった息子さんを呼び止めて、同行を願ったそうね」

戦慄《せんりつ》した。ヨコケンからケータイを奪い取る。「ちょっと、タケシは関係ないでしょう」声が震えた。

「あんたは誰？」

「タケシの姉。早く家に帰してよ。まだ十九なのよ」

「ああ、おねえさんね。白鳥の代理人というのは本当みたいだね」

「いいから帰しなさいよ」

「悪いね。わたしはただの連絡役だから。何のことか全然知らずに伝えてるだけね。あはは」

支配人は乾いた笑い声をあげた。

「要求は何よ」

「あのね、彼らももう贅沢《ぜいたく》は言わないそうよ。自分たちの金一億と、それに少し色をつけて持ってきなさいって。それだったら呑めるでしょ。だから古谷だけはもう勘弁してね」

「さっきの一件は、古谷が勝手にやったこと。こっちは古谷とは無関係」

「じゃあどうして今夜の取引を知ったのよ」

返事に詰まる。この入り組んだ状況を、説明するのは容易ではない。

「とにかく、また連絡するから」

電話が切れた。千恵は目の前が真っ暗になった。

どうしよう。自分のせいだ。白鳥の金を奪おうなどと考えなければ、タケシは無関係でいられたのだ。胸が締め付けられた。息苦しくなった。

助けたくても、こっちに金なんかない。すべて白鳥のマンションにある。

迷うことなく白鳥に電話をかけた。転送され、ケータイにつながる。

「ねえ、パパ」千恵は早口でまくしたてた。「タケシがね、タケシがね――」

ところが事態を説明すると、白鳥は受話器の向こうで笑い始めた。「がはは。今度はそう来たか。古典的すぎるんじゃないのか、狂言誘拐は」

取りつく島もなく、切られた。かけ直すと、今度は電源が切られていた。

髪をかきむしった。タケシを救う方法があるとは到底思えない。

「とにかく新大久保へ行きましょう」ミタゾウが言った。「フルテツが向かってます。しかもイノシシ状態で。今以上にややこしくなります」

千恵はアクセルを踏んだ。アルファロメオが猛然とダッシュする。行って何ができるかわからないが、タケシがそこにいるのなら、少しでも近くに行きたい。

途中、築地《つきじ》の交差点で、ひしゃげたベンツが路上に放置されているのを発見した。

中国人コンビはここで車を諦めたのか。そして通りかかったタケシを、ベントレーごと拉致《らち》したのだ。そう思ったらますます胸が痛んだ。

首都高速に乗り入れ、ぐんぐんと加速した。速度警告チャイムを鳴らしながら、曲がりくねったハイウェイをフルスロットルで飛ばした。

8

永福飯店に到着すると、すでに路上に黒のポルシェが停まっていた。

「あちゃー。先を越されました」ミタゾウが顔を歪める。様子をうかがおうと、ゆっくり店の前を過ぎる。するとすでに戦闘開始のゴングが鳴らされたあとだった。

「おりゃーっ」フルテツの怒声が通りにまで響く。手下も数人いた。テーブルをひっくり返し、大暴れする姿が窓越しに見えた。客たちはあわてて歩道に逃げ出していた。通行人は何事かと見物している。

「フルテツ、マジで切れてるぞ」ヨコケンが喉を鳴らした。「少しはおかしいと思えよ。どうしてトイツがダミーを用意する必要があるんだよ」

車を降り、見物人に紛れた。累が及んだときのことを考え、ストロベリーも連れ出した。

従業員たちは果敢にも応戦していた。肉切り包丁を構えている者もいる。裏世界とつながりのある店だ。おとなしくやられるわけにはいかないのだろう。

「おらァ、支配人を出せ！　日本の極道をなめるなよ！」フルテツの顔は真っ赤だ。

店内は怒号と物が飛び交っていた。椅子が壁に叩きつけられ、羽をむしられたチキンが丸ごと宙を舞った。

「どうしてこれで警察が来ねえんだ。何なんだよ、この町は」ヨコケンが唖然としていた。

「まずいですね。フルテツたち、タケシ君を奪還に来たと思われてますよ。晴海埠頭で強奪されたケースがダミーだとは、中国人側は知らないわけですから」ミタゾウが言った。

そうだ。フルテツはタケシが拉致されたことを知らない。中国人たちはケースの中身が新聞紙だったことを知らない。これは、真相を知らない者同士の抗争なのだ。

千恵は両手で髪をひっ詰め、悲痛なうめき声を上げた。支配人を捕まえて誤解を解かないと、タケシの身が危ない。

「二階から飛び降りたぞー！」誰かが叫んだ。「裏から逃げたぞー！」

自転車が倒れる音がした。ガラスが割れる音も。きっと支配人だ。フルテツに捕まったら拷問を受け、取引の材料にされるだろう。そうなったらタケシは……。

やくざたちが裏口に殺到する。先頭はフルテツだった。

「わたしたちも行こう」

「おう。フルテツと鉢合わせしないようにな」

見物の輪から離れ、駆け出した。ゆうべ走り回ったので、多少の土地勘はある。

路地に入り、男たちを追った。ストロベリーがぐんぐん先を行く。まるで獲物が何であるかを知っているように。たちまち姿が見えなくなった。

「こっちだぞ！」「クリーニング屋の角を曲がったぞ！」あちこちからやくざの声が飛んだ。

その声を頼りに、千恵たちも路地を走る。白い息が吐き出されては消えた。喉がからからに渇き、心臓が激しく躍った。

しばらくすると、どこからも声が聞こえてこなくなった。フルテツの手下たちが、うろうろと路地をさまよっている。怪しまれないよう、徒歩に切り替えた。酔った通行人の振りをして、ヨコケンとミタゾウに挟まり腕を組んだ。

「おい、テツ。中国野郎はどこだ」

「わかりません。それより兄貴はどこへ行ったんですか」

四辻《よつつじ》でそんな会話を交わしている。どうやら見失ったらしい。願ってもないことだ。

そのとき、前からとことことストロベリーが駆けてきた。口に布切れをくわえている。千恵の足元まで来て、それを離した。訝《いぶか》りながら、拾い上げる。シルクのストールだった。

「おい。これ、フルテツが首にかけてたやつだぞ」ヨコケンが言った。「確かそうだ。見覚えがある」

「捨てましょう。手下に見られるとまずいですよ」

「ちょっと待って」千恵が制した。ストロベリーが踵《きびす》をかえし、走り始めたからだ。まるでついて来いと言わんばかりに。

「行こう。何かあるんだ」

三人で再び駆け出した。やくざと擦れ違ったが、一瞥《いちべつ》をくれるだけだった。若くてよかった。青春でよかった。町中を走っていても、不自然じゃない。

ストロベリーは路地を数回曲がると、古びたアパートの前で立ち止まった。しきりに入り口付近の匂いを嗅いでいる。見上げると、窓の外に洗濯物がかけられた、何の変哲もない共同住宅だった。手入れはまったくしていないらしく、ところどころ壁が剝《は》げ落ちている。

「ここに、いるの？」小声で聞いた。

ストロベリーが無言で敷地内に入っていく。足音を忍ばせ、あとに続いた。裏手に回ると、一階にドアが五つ並んでいた。ストロベリーがそのいちばん奥の扉の前で立ち止まる。またしても地面の匂いを嗅いでいた。

そっと近寄り、ドアに耳を寄せる。人の話し声がした。それも中国語だ。

数人いる感じだった。物音もする。そして、何かで口を塞がれたような男のうめき声も。

思わず顔を見合わせた。フルテツか？　フルテツは中国人一味に捕まったのだろうか。ここは、やつらのアジトなのか。

床を踏み鳴らす音がした。あわてて建物の陰に隠れた。しゃがみこみ、体を小さくする。ストロベリーも身を伏せた。

誰かがわめいていた。聞き覚えがあった。支配人の声だ。玄関が開き、どやどやと男たちが出てきた。何を話しているのか、見当もつかない。笑い声も聞こえた。一仕事終えたような、そんな口ぶりに思えた。

振り返ると塀に面した側に窓があった。人ひとりがやっと通れるくらいの隙間が塀との間にある。千恵たちは這ってそこまで行き、中をのぞいた。

殺風景な六畳間に、手足を縛られたフルテツが転がっていた。口はガムテープで塞がれている。真っ赤な顔で、なにやらうめいていた。

ヨコケンが驚きの表情で言った。「フルテツ……拉致されてやがんの」

部屋の真ん中では、支配人が立ってフルテツを見下ろしていた。「しかし、あなたもわからない人ね。金を奪い返したのなら、どうしてわたしたちを追い回すの」日本語で言った。

「うー、うー、うー」フルテツがうめく。

「それとも白鳥の息子を救いに来たの？　それは信じられないね。あなたたちは得にならないことはしないはずでしょう。それとも報酬が出るの？」

「うー、うー、うー」フルテツが、陸に上がったアザラシのように体をくねらせている。

「まずいな」ヨコケンが耳元でささやいた。「尋問でも始まりゃあ、チャイナ側にもフルテツ側にも金がないことがばれちまうぜ」

「どうすればいいのよ」

「わかんねえよ」

支配人がしゃがむ。何をするのかと思えば、フルテツのズボンを脱がし始めた。

「あなた、いい体してるね。わたし、筋肉質の人、好きね。ふふふ」

また顔を見合わせた。ヨコケンとミタゾウは黙って眉間《みけん》を寄せていた。

支配人はパンツまで脱がせた。フルテツの下半身は剝き出しだ。どす黒い股間《こかん》が露《あらわ》になった。その股間のモノを手で弄《もてあそ》びはじめた。

千恵は目を覆った。信じられない。不潔。変態。永福飯店の支配人はそっちの趣味の持ち主だったのか。それにしても、なにもこんなときに――。

「おい、あのおやじ、自分も脱いだぞ」とヨコケン。

「実況しなくていい」千恵は窓から離れた。

「うわっ、てめえのナニにローション塗ってるぞ」

「言わなくていい」

「うー、うー、うー」声だけが聞こえた。

フルテツ。本当に、なんてついていないやくざなのか——。

「おい、行くぞ」ヨコケンが言った。

「どこへ」

「部屋ん中へ突入だ」

「どうして」

「こっちはタケシ君を救いに来たんだぞ。あの支配人を締め上げて居場所を吐かせるんだよ。もたもたしてると、また仲間が来るぞ」

「でもフルテツがいるじゃない」

「この際仕方ねえよ。捕まえる最後のチャンスかもしれないぞ」

「なんとかなります。向こうはパニックだし。ぼくが言い訳します」ミタゾウが口を挟んだ。

もういい。なるようになれ。今はタケシの命がいちばんんだ。

三人で玄関に回った。ヨコケンがノブに手を伸ばす。鍵はかかっていなかった。

ドアをゆっくりと開けた。奥の間で、支配人が腰を動かしてるのが見えた。汚い尻も。目に焼きつくんだろうな。千恵は顔をしかめた。この先、何度も思い出しそうだ。

「おらァ、そこまでだ！」ヨコケンが大声をあげる。大股で部屋に入っていった。もちろん土足のままだ。「この変態おやじがァ。ただじゃ済ませねえぞっ」

電灯の笠《かさ》がヨコケンの頭にぶつかり、大きく振れた。大波に揺れる船室のように、人影が壁や床を走り回る。

支配人が驚愕の面持ちで振り返った。ストロベリーが脇をすり抜け、前に出た。下半身丸出しの中年男に向かって低く唸る。

「ひいっ」支配人は突然のことに言葉を失い、壁まであとずさった。

「タケシ君はどこだ！　言わねえと、簀《す》巻《ま》きにして東京湾に沈めるぞ！」ヨコケンが怒鳴りつける。

ミタゾウがフルテツに駆け寄り、口のガムテープをはがした。手足のロープもほどく。

フルテツは呆然としていた。尻餅をついたままの姿勢で、突然の闖入者《ちんにゅうしゃ》を眺めている。この男も下半身は剝き出しだ。千恵は仕方なく天井を見ていた。

「おめえ……横山じゃねえか」フルテツが、やっとのことで声を振り絞った。「なんで、ここにいるんだ」やけに甲高いトーンだった。

「古谷さんじゃないですか。古谷さんこそ、どうしてここに！」

勢いよく答えたのはミタゾウだった。今はじめて気づいたような口調で。

「誰だ、おめえ」

「三田物産の三田です。以前、事務所にお邪魔したことがある」

「えっ、古谷さんですか」ヨコケンも驚いた振りをした。「なんでまた、こんなところに」調子を合わせていた。

「ぼくたちは白鳥社長の息子さんが拉致されたので、それを救いに来たんです」ミタゾウがたたみかけた。「ここにいるのは白鳥社長の娘さんです。弟が拉致されたって聞かされて、それで遊び仲間の横山君に助けを求めて、ぼくも駆り出されたんです」

千恵は啞然とした。なんて乱暴な言い訳だ。でもフルテツは口が利けないでいた。たぶん頭の中は大混乱に陥っているのだろう。

「タケシ君を救出するつもりで来たら、ちがう男の人が縛られてて、それが古谷さんです。いったいどういうことですか」

「……なんだこりゃ。わけがわかんねえぞ」フルテツがうわごとのように言う。

「それよりタケシ君だ。おい、そこの男。白鳥社長の息子さんをどこにやった」ミタゾウが矛先を変えた。

「おう。そうだ、そうだ。タケシ君の居場所を言え」ヨコケンが支配人の胸倉を摑み、上下に揺すった。

そのとき、千恵のケータイが鳴った。画面を見る。タケシからだった。

「タケシだ！　タケシだ！」千恵は飛び上がっていた。震える指でボタンを押す。

「あ、おねえちゃん。ぼく」か細い声が耳に飛び込んだ。

「どこよ、どこにいるのよ！」

「ベントレーのトランクの中。手錠をかけられてるけど、うしろ手じゃないから、そっとケータイかけてるの」

「場所はどこ？　助けに行ってあげる」

「わからないよ。真っ暗だし」タケシは声をひそめて言った。「さっきまで、どこかのアパートの部屋に監禁されてたんだけど、古谷が来たって連絡が入って、それであわてて連れ出されたの」

「どうしよう、どうしよう。タケシ、ベントレーのトランクの中だって」

千恵が地団太を踏む。ミタゾウが一瞬、考え込む素振りを見せる。一人うなずくと、そばに来てケータイを取り上げた。

「タケシ君？　三田です。これからぼくの言うことをよく聞いてください。まず二人組に白鳥の居場所を教えてください。ホテルの部屋番号まで。言っちゃっていいです。それから――」

「おい。おまえら、何やってんだ」とフルテツ。千恵たちは無視した。
「金の在処《ありか》も言っていいです。ただし二十分後。その間にぼくたちは先回りします
――」
「おい、ちゃんと説明しろよ」
「絶対に抵抗しないこと。拳銃を突きつけられると思うけど、怖がらなくていいです
から」
ミタゾウからケータイを受け取った。「タケシ、もう少しだから頑張ってね」最後
にそれだけ言って切った。
「おい、ミタゾウ。考えがあるのかよ」ヨコケンが言った。
「もちろん。瓢簞《ひょうたん》から駒《こま》です。ぼくらはスタート地点に戻ったわけです」
「なんだよ、どういうことよ」
「とにかく急ぎましょう」
「待てェ、こら！」突然、フルテツが声を張りあげた。三人とも身がすくむ。フルテ
ツは立ち上がると、パンツとズボンを穿《は》いた。
「全然わかんねえぞ。何がどうなってんだか」上着の襟を直し、首をゆっくり左右に
曲げた。
「ぼくらもわからないんです。古谷さんとこの男、知り合いなんですか？」

「そんなわけねえだろう！　横山。てめえ、このタコおやじを縛り上げろ！」

迫力に気圧《けお》されて、ヨコケンとミタゾウが支配人をロープで縛った。支配人は青ざめている。その間に、フルテツはどこかにケータイをかけた。

「おい、おれだ。銭湯の角を曲がったところに芙蓉荘《ふようそう》っていうアパートがあるから、そこの一階のいちばん奥の部屋に来い。大至急だ」

そう告げると、電話を切り、千恵たちに向き直った。

「おれは頭がいいんだよ。大学だって出てんだよ。でもな、ここ数日のことはさっぱりわからねえ。狐《きつね》につままれるとはこのことだ。おまえら、なんか知ってるのか？」

「いいえ」三人揃って首を横に振った。

「じゃあどうしてここにいる」

「ですから……白鳥社長の息子さんが誘拐されて……」ヨコケンが青ざめながら答えた。

「ふざけるな！　なんでてめえが白鳥と関係があるんだ！」

「いえ、ですから……さっき言ったように、娘さんと知り合いで」

フルテツが千恵をにらみつける。緊張で身が縮んだ。

六畳間に沈黙が流れた。電灯だけがゆらゆらと揺れている。

「……まあ、いい」フルテツがぽつりと言った。「今言えることは、おまえらに助けられたってことだ。ほれ……」

フルテツがポケットの中から鍵を取り出し、畳の上に放った。キーホルダーのマークでわかった。ポルシェの鍵だ。

「横山。借りてた車、返してやるよ。大久保通りに停まってるから乗っていきな」

「はい」ヨコケンがか細い声で言う。急いで鍵を拾い上げた。

「ただしっ」フルテツが尖《とが》った声を発し、目を血走らせた。思わず三人の背筋が伸びる。「さっき、おまえらがここで見たことは、終生人には言うな。もし街に噂《うわさ》が流れたら、そんときは……」

「もちろんです。ぼくら何も見てません」

三人揃って首を縦に振る。ストロベリーが不思議そうに見上げた。

「行け。なんか急ぎの用があるんだろう」

「はいっ」狭い部屋に、三人の声が響き渡った。フルテツは怒りで顔を赤く染めていた。櫛《くし》を取り出し、険しい目で髪を撫でつけた。

踵をかえし、部屋をあとにした。ゆっくりとドアを閉める。早足で敷地から出る。路地に出ると全速力で走った。

「やったーっ。ポルシェが返ってきたぞー！」ヨコケンが顔をほころばせた。跳ねるように駆けている。

「よろこぶのはあとです。タケシ君を救ってからです」

「ねえ、三田君。どうやって救うのよ」

「簡単です。金を奪わせれば解放される。それだけです」

「それだけ？」

「そうです。タケシ君が白鳥のホテルの部屋までトイツを連れて行く。そこで今度は白鳥が拉致されて自宅マンションまで案内させられる。金を取られる。そこでお役ごめんです。ただし続きがあります。トイツが出てきたところを我々が追いかける。晴海埠頭で実行するはずだった手順で強奪する」

「そうか。ふりだしに戻ったんだ。お金も手に入るんだ」

自然と声が弾んだ。繰り出す足が、ますます速くなった。

「ところで、あの支配人、どうなるのかな」千恵がヨコケンに聞いた。

「クロチェ、知りたいのかよ」

「ううん。知りたくない」

「じゃあ聞くな」

たちどころに大久保通りにたどり着いた。ヨコケンはポルシェに抱きつくと、ボンネットに頬ずりし、大粒の涙を流した。少年のような、いい顔だった。

9

午前二時。キャピトル東急の地下駐車場で三人はベントレーを待った。荷物の積めないポルシェはこの駐車場に停めておき、実行にはアルファロメオ一台を使うことにした。

「タケシ、うまく言えたかな。あの子、口下手《くちべた》だから」千恵が言った。弟のことを考えると、不安な気持ちでいっぱいだ。

「大丈夫です。白鳥の居場所さえ教えれば、あとはトイツが勝手にやってくれます。タケシ君の役目は、白鳥の部屋をノックして『ぼく』と言うだけです」

「白鳥はおとなしく従うかな」

「誰だって命は惜しいですよ。金の亡者ほど長生きにこだわるのは歴史の定説です」

「そうだね。自伝も書かなきゃならないし」

「まさか正面玄関からは来ないと思いますが、念のためにぼくはロビーを張ってます。スーツを着ているから怪しまれません」

ミタゾウがそう言って降りていく。うしろ姿がやけに頼もしく見えた。偶然とは不思議なものだ。ほんの一月前まで、自分は一人だった。ヨコケンもミタゾウも、赤の他人だった。

「よお、クロチェ」助手席でヨコケンが口を開いた。乾いた口調だった。なんだろうと目をやる。「クロチェ、晴海埠頭で、ミタゾウに『キス返せ』って言っただろう」ヨコケンは前を見たまま、静かに言った。

「そんなこと言ったっけ」

「言ったさ。アンポンタン。役立たず。むっつりスケベ。キス返せ！　そうやって叫んだんだよ」

「よく覚えてるね」

「気になるからさ。ズキンときたよ。……クロチェ、ミタゾウとキスしたわけだよな」

千恵は返事に詰まった。どうやって説明すればいいのか。恋人じゃなくても、キスぐらいはできる。

「冗談半分よ。三田君、おかしいから、少しからかっただけよ」

ヨコケンが吐息をつく。両手で髪をかきあげ、二度目は大きくため息をついた。沈黙が流れた。ヨコケンが黙りこくっている。でも伝わった。言葉にしない方が、いいことだってある。今がそうだ。千恵はやさしい気持ちになった。

「ヨコチン」愛らしく言った。身を乗り出し、てのひらでヨコケンの頬を包んだ。ゆっくり顔を近づける。柑橘系《かんきつけい》のフレグランスの匂いがした。嫌いじゃなかった。

千恵がキスをする。ディープキスだ。応じるかと思ったら、ヨコケンは口を半開きにしているだけだった。

「これでおあいこ」千恵が微笑んで言う。ヨコケンは顔を赤くして洟をすすった。ストロベリーがうしろから首を伸ばし、ヨコケンの顔を舐めた。そこで二人、揃って笑った。

そのときタイヤの擦《こす》れる音がした。「おい、来たぞ」ヨコケンが体を低くして言う。千恵も頭を下げた。ヘッドライトが通路を照らす。目の前をワインレッドのベントレーが走っていった。

「タケシ」小さく呼びかけていた。青い顔の弟が、後部座席に見えたのだ。

ベントレーは通用口付近に停車した。ドアが開き、三人が降りる。タケシの背中には男が密着していた。拳銃を突きつけられているのだ。実際に目《ま》の当たりにすると、胸が締めつけられた。わたしの大事な弟に――。

ヨコケンがミタゾウのケータイに連絡した。「今、下に現れたぞ。鉢合わせしないように戻って来い」

ほどなくしてミタゾウが戻った。「エレベーターホールで見ました。タケシ君はしっかりしてました。案外、度胸があるのかもしれないですね」

「ありがとう」ミタゾウの心遣いに感謝した。実際は、鈍いだけなのだろうけど。

そして十分後、地下駐車場に白鳥が姿を見せた。二人組に両脇を固められ、憮然《ぶぜん》とした表情で歩いている。蛍光灯に照らされ、いくぶん青白く見えた。タケシと一緒にベントレーに押し込まれ、発進した。

千恵は拳を握り締めた。白鳥は、観念したのだ。

アルファロメオで追走する。悟られないよう、距離を置いた。いよいよ本当のフィナーレだ。

白鳥のマンション前で待った。ベントレーは地下駐車場に入っていった。そこから最上階のペントハウスに上がっていったのだ。今頃白鳥は、苦虫を嚙み潰《つぶ》したような顔で金を袋にでも詰めているはずだ。あるいは、窃盗団相手に値切る交渉でもしているのかもしれない。

パパ、運が尽きたね――。千恵は胸の中でつぶやいた。もっともゴキブリのような男だ。すぐに復活してくるだろう。この世に欲望がある限り、白鳥は飯の種に事欠かない。

ヨコケンがアキラに電話をした。「おい、もう帰っていいぞ。ご苦労さんだったな」するとアキラから、こんな報告が最後になされた。

「社長。フルテツが戻ってきました。なんか、元気なかったッスよ。子分を摑まえて、深夜営業のドラッグストアでオロナイン軟膏《なんこう》を買ってこいって言ってました」

声をあげて笑った。フルテツ。結構いいやつかも。

千恵のケータイが鳴った。タケシからだ。

「あいつら、これから地下の駐車場を出るよ」

「あんたはどこにいるの」

「駐車場。バッグを積むのを手伝わされた」

「無事なのね」

「うん。パパと新しい奥さんは、寝室で縛られているけど」

安堵した。一人の怪我人も出なかった。

「じゃあ、これから行ってほどいてあげなさい。それから、今度こそ本物のお金だろうね」

「うん。あいつらも確認してた」

切り終わらないうちに、路上にベントレーが姿を現した。

「クロチェ、行くぞ」

「オッケー！」

アクセルを踏み込む。できることなら大通りに出る前にケリをつけたい。その方が目撃される確率が低いし、逃げやすい。この近辺の地理なら頭に入っている。

　ベントレーが交差点を黄色信号で突っ切った。千恵も強引に突っ込んでいく。側道から来た車に激しくクラクションを鳴らされた。その音に中国人二人組が反応した。助手席の男が振り返る。次の瞬間、ベントレーが猛然とスピードを上げた。

「やばい。気づかれたみたい」

「そりゃあ、これまで散々な目に遭ってますから、用心もしてるでしょうね」とミタゾウ。

「呑気なこと言ってんじゃねえよ。こうなったらカーチェイスだ」

　アルファロメオのエンジンが唸りを上げる。六本木の裏通りを右へ左へと走った。車間距離が詰まる。リアシートに積まれたルイ・ヴィトンのトランクが見えた。金はあの中だ。強奪すれば、ルイ・ヴィトンも自分のものだ。

　道が狭くてなかなか並びかけられない。そうこうするうちに六本木通りに出てしまった。ベントレーがぐんぐん加速した。

「なによ、あの図体でどうしてあんなに速いのよ」千恵が驚く。英国の成金カーなんて、アルファロメオの敵ではないと思っていた。

「ターボチャージャーがついてんだよ。たぶんサスペンションもチューンしてあるぞ」

　坂道を駆け上がると、ベントレーは六本木交差点を、タイヤを鳴らしながら右折した。千恵も続く。交通量が少ないぶん、小回りの利かないベントレーには有利だった。距離は開くばかりだ。

「クロチェ、運転代わるぞ」ヨコケンが言った。

「どうやって！　いまさら停められないよ！」

「尻を浮かせろ。おれが間に入る」

「本気？」

「いいから早く！」

千恵はハンドルを握りながら、シートから背中と腰を浮かせた。アクセルは踏んだままだ。ヨコケンが助手席から移動してきた。千恵とシートにサンドイッチされる形で、運転席にすっぽりと収まった。千恵はヨコケンの膝の上に載っている。

「あー、いい匂い。おれ、しあわせ」とヨコケン。

「馬鹿。ヘンタイ」

ハンドルを離し、助手席に転がった。

「行くぞーっ。つかまってろ」ヨコケンがギアをシフトダウンし、アクセルを吹かした。「イヤッホー！」

アルファロメオがジェットコースターになった。エンジンがキンキンと鳴っている。段差でジャンプした。三人と一匹が車内で宙に浮く。羽があったら飛んでいきそうだ。

青山通りの三叉路《さんさろ》を四輪ドリフトで駆け抜けた。すぐさま一丁目の交差点。タイヤを滑らせたまま、カウンターを当てながらコーナーを駆け抜けた。

「ヨコチン！　見直したよ！」千恵は心から言った。

ベントレーの姿がどんどん近づいてくる。向こうがあわてているのが手に取るようにわかった。外苑《がいえん》の手前でとうとう並びかけた。

「よし、窓を開けろ！　カラーボールを見舞ってやれ！」

追い越しざま、窓から身を乗り出した。ミタゾウと二人で投げつけた。

フロントガラスに命中した。蛍光ピンクの塗料が、一面に広がった。

「やったー！」千恵は雄叫びをあげた。

ベントレーが急ブレーキをかけた。当然のようにハンドルが制御を失い、タイヤがスピンした。路上で真横になる。鼻先が向いた方向が、ちょうど神宮外苑方面だった。そのままロータリーに突き進んでいく。

アルファロメオもスピンターンした。外苑なら好都合だ。この時間の交通量は皆無だ。

今度はガスマスクを用意した。催涙ガス弾を手にした。

再び加速する。いちょう並木前の信号を無視し、神宮球場前で追いついた。予想通り窓を開けていた。首を伸ばして、懸命に前を見ている。

「ピストルです！」並んだとき、ミタゾウが叫んだ。見ると、助手席の男が拳銃を構えていた。

「クロチェ、許せ！」ヨコケンがそう言って、いきなりハンドルを切った。左フェンダーがベントレーの後部ドアにぶつかる。ベントレーの車体が大きく揺れ、助手席の男がシートでひっくり返った。

今だ――。千恵が催涙ガスを運転席側の窓枠に向けて投げつけた。成功だ。車内で噴射している。ベントレーは一度路肩に乗り上げ、その後蛇行運転をして、停止した。男たちがドアを開け、転げ降りてくる。苦しそうに顔を押さえ、車から離れた。アルファロメオが停車する。ガスマスクを装着し、千恵たちも降りた。

「ストロベリー！　ゴー！」

世界一頼りになる愛犬の背中をたたく。ストロベリーがダッシュした。ヒュンヒュンと風を切る音がした。牙《きば》を剝いて中国人二人組に襲いかかった。

「咬みついていいからね。お尻に記念の歯形を残してやりなさい」

男たちが逃げていく。フルテッ以上に、ついてない彼ら。さっさと国へ帰った方がいいよ。千恵は心の中で罵声《ばせい》を浴びせた。

トランクとバッグに詰められた金を移し替えた。三十秒で片付いた。ストロベリーを呼び戻し、車に乗り込んだ。

「忘れ物はない？　ケータイとか落としてない？」千恵が聞いた。

各自がポケットをまさぐる。「オーケーみたい」

アルファロメオが発進した。もうスピードを出す必要はない。普通の速度で、ロータリーを抜けた。

外苑西通りへ出る。何事もなかったかのように、街は静まり返っていた。ネオンがゆっくりと流れていく。夜風が街路樹をカサカサと揺らしている。わずか数百メートル離れた場所で強奪劇が繰り広げられた。そのことを知っている者はいない。

心臓がどくどくと波打っている。それぞれの息遣いだけが、車内に響いている。なぜか三人とも黙っていた。

「誰か、口利きなさいよ」

「何を」

「なんでもいいから」

「夢、じゃないですよね」ミタゾウがぼそっと言った。

「つねってあげる」千恵が手を伸ばして、頰をつねった。「痛い？」

「痛いです」うれしそうに言った。

「クロチェ。おれも、おれも」

リクエストに応《こた》え、ヨコケンの頰もつねった。

「うん。痛い、痛い」運転しながら目を細めていた。

「ねえ、お金、見てみようか」と千恵。「ボストンバッグのやつ、ひとつ開けてみようよ」

「いいですねえ」

バッグを膝に引き寄せ、ファスナーを開けた。帯封された一万円札の束が、ぎっしりと詰まっていた。

ワオ。イエーッ。ささやくように言う。

三人の顔から、笑みがこぼれた。笑っても、笑っても、尽きることがない笑みが。

言葉はいらなかった。日常の五感すら、今の三人にはいらなかった。

フロントフェンダーが派手にへこんだアルファロメオが、青山通りをゆったりとクルージングする。

星空からマーチが流れてきた。

千恵の耳には、確かに聞こえた。

10

ミタゾウからエアメールが届いた。軍艦鳥の絵柄の、いかにも南国らしい切手が貼《は》ってあった。その上には「ＫＩＲＩＢＡＴＩ」という文字のスタンプが捺《お》してある。

封筒を鼻につけたら、潮の香りがほのかにした。
千恵はペーパーナイフで開封すると、手紙を読んだ。

前略。黒川千恵様。お元気ですか。太平洋のまん真ん中、キリバス共和国のクリスマス島にやって来て、はや一月が過ぎます。日本はまだ冬でしょうが、こちらは連日三十度前後の常夏です。雨季ということもあって、毎日スコールがあります。雨上がりの虹は、絶景です。黒川さんの美貌《びぼう》をもってしても、かなわないと思います。一応通信は整っているので、電子メールで連絡を取ることは可能なのですが、なんとなく手紙にしてみました。もっともパソコンは持ってません。注文してもいつ入荷するかわからないのです。飛行機はホノルルから週一便のみ。それもしばしば欠航しています。
現在はホテル、というかモーテルのようなところで暮らしています。一泊三十オーストラリア・ドルで、日本円にすると二千四百円くらいです。トイレ、シャワー、キッチンは共同で、シャワーは一日おきに壊れています。取り柄は浜辺に面していることでしょうか。一日中、潮騒《しおさい》に包まれています。徒歩一分で、珊瑚《さんご》の海です。それから経営者の太ったおばさんが楽しいことです。ひどい訛《なま》りの英語で、隙あらば話しかけてきます。仕事を探していると言ったら、うちで働けと言われました。でも客なんかほとんどいません。どうやって給料を払うのでしょう。おばさんは、ノー・プロブレムが口癖で、そう言っては「がはは」と大口を開けて笑います。「ノー・プロブレムは日本語でなんて言うのかい」と聞かれたので、「問題ない」と教えてやりました。気に入ってました。「MONDAY NIGHT」と覚えたみたいです。

こちらはお金がかからないので、当分いられそうです。三千三百三十三万円あるから、立派な富豪です。三人ぐらい、嫁が持てそうです。

ところで、このお金を手渡すとき、黒川さんはぼくと横山君に謝りました。こんなことになっちゃってゴメン、と。気にしているといけないので、あらためて言います。全然悪くないです。むしろ黒川さんのやさしさに触れて、温かい気持ちになりました。

口ではどんなに嫌っていても、やっぱり肉親なんですね。若い奥さんに離縁され、夜逃げを図ろうとした白鳥に、黒川さんは待ったをかけました。父親が憔悴《しょうすい》しきった様子をタケシ君から聞かされ、心が揺らいだのだと思います。きっと黒川さんは、自分の父親をもっと図太くて心臓に毛が生えたような人間だと思い込んでいたのでしょうね。父親ってきっとそういうものです。子供の前で弱い面は絶対に見せません。ぼくも男だから、なんとなくわかります。

お金をポンと返す。かっこいいと思います。中国人二人組から取り返したのはぼくたちだから、胸を張っていいんじゃないですか。そもそもぼくたちがいなければ、最初の夜に、画廊で強奪されていたのですから……。ちょっとこじつけかな？　ま、結果オーライということで。

実はあの後、タケシ君に会って聞いたんです。黒川さんは、白鳥を前にして条件をつけたそうですね。出資者にそのまま返すこと。ママとよりを戻すこと。家族を大事にすること。タケシ君が自慢げに言ってました。「おねえちゃん、かっこよかった」って。

結局、チャイナ・トレーディングの間抜けな二人組が残していった一億円がぼくらの取り分になったわけですが、それでも充分過ぎるくらいです。それをきっちり三等分するところも、黒川さんらしくて好きです。黒川さん、タカビーでわがままな女を演じてますけど、本当はやさしすぎて、それが照れ臭くて、一生懸命に隠そうとしてるんじゃないですか？　おっと、こうやってわかったようなことを言われるのが、たぶん黒川さんはいちばん嫌いなんでしょうね。反省します。

横山君は元気ですか？　彼は黒川さんのことが本当に好きです。あの件に首を突っ込んだのも、黒川さんと一緒にいたい一心だったと思います。彼には、お金などどうだってよかったんです。案外、純な男です。

もっとも、こんなことを書いたからといって、横山君の恋を応援しているわけではありません。実を言うと、ぼくも黒川さんが好きです。ただ、独り占めできそうにないので、最初から考えないようにしているだけです。自分の手に入らないのなら、横山君の手にも入ってほしくない。心の狭い男ですいません。地下室のキスは忘れません。ちょっと優越感。横山君には内緒です。

フルテツのお尻、どうなったんでしょうね。

永福飯店の支配人、どうしてるんでしょうね。

知っていたら、教えてください。

ストロベリーは元気ですか？　あの出来事以来、ぼくは犬好きになりました。

キリバスはとてものんびりした国です。大統領が自らヘルメットを被って、公共工事に精を出すようなところです。海と太陽の楽園です。日本の会社ではドジと呼ばれていたぼくも、ここではコンプレックスを感じなくて済みます。やっと見つけた、安息の島です。よかったら、一度遊びに来てください。

長々と書いてすいません。ではこのへんで。

ぼくは元気です。黒川さんも、お元気で。みなさんに、よろしく。

三田総一郎

追伸。娯楽が少ないせいか、週末のナイトクラブは超満員です。この前行ったら、東洋人が珍しいらしくかなりモテました。こっちの女の子はみんなふくよかです。ぼく好みです。

手紙をたたみ、丸いカフェテーブルに置いた。千恵は目を伏せ、苦笑した。ミタゾウらしいや。最後の追伸が。手紙をよこすなんて、少しはホームシックにかかっているのだろうか。

椅子の背もたれに体を預けた。サンルームのガラス屋根からは、二月の日射が降り注いでいる。春はそれほど遠くない。太陽は、日増しに大きくなっている。

「千恵、お店に来たのなら手伝いなさいよ」

カウンターの中からママが言った。

「あとで」千恵がぞんざいに答える。「あ、そうだ。便箋《びんせん》、あったっけ？」

「レジのうしろの棚にあるわよ。便箋もポストカードも。お店のロゴが入ったのが」

ママは最近、生き生きとしている。人生に仕事は必要なのかもしれない。

千恵はカウンターに行くと、便箋とペンを取り出した。テーブルに戻り、思いつくままにペンを走らせる。

前略。三田総一郎様。手紙ありがとう。元気そうね。うれしかった。

成田空港で見送るときに話したと思うけど、カフェはちゃんとオープンしました。サンルームがあって、ちょっと洒落《しゃれ》た店です。ママが店長で、一応わたしがオーナー。家具と内装にはちょっと贅沢したよ。三千三百三十四万円あるからね。ケチな真似はしないよ。場所はどこだと思う？　青山の骨董通り。フルテツの賭場の真向かい。笑っちゃうな。いつか来ないかと思ってるんだけど――。


ペンで頭を掻いた。冷めかけのコーヒーに口をつける。途中までの文面を読み返し、千恵は小さく吐息をついた。書きかけの便箋を手で丸めた。テーブルに転がす。らしくないか――。一人つぶやき、頬をふくらませた。このわたしが手紙だなんて。中学以来、いくつものラブレターをもらったが、返事を書いたことは一度もない。自分は、いつだってもらう立場だ。

椅子に深くもたれ、頭のうしろで腕を組む。窓の外に目をやる。頭の悪そうなカップルが、いちゃつきながら通りを歩いていた。

ふん。この店に来るんじゃないよ。腹の中で毒づいた。うちはコードが厳しいの。偏差値だって申告させるからね。

手を伸ばし、足元で伏せをしているストロベリーの背中を撫でた。ハンサムな愛犬が、気持ちよさそうに目を細める。ストロベリーがいちばんだ。人間の友だちなんて、少しも欲しいとは思わない。

ヨコケンとはすっかり疎遠になった。アルファロメオの修理代を請求したからだろうか。ヨコケンの不貞腐れた顔を見たら、思わず噴き出してしまった。

一度店に来たが、ダサい女を連れてだった。こっちに気があるくせにどういう心理なのか。慇懃《いんぎん》に微笑んでトイレのそばのテーブルに案内してやった。以後顔を見ていない。

でも、また来るに決まっている。わたしよりいい女なんて、いるわけがない。

メンソールのたばこに火をつけた。天井に向かって煙を吐く。その粒子が、陽光を浴びて乱反射している。一時やめようかとも思ったたばこだが、吸い続けることにした。健康なんて、三十過ぎのくたびれた人間の考えることだ。自分には、ずっと先の話だ。

手持ち無沙汰《ぶさた》なので、なんとなく、ミタゾウの手紙を読み返した。

誤解してるよなあ。千恵がひとりごちる。白鳥なんて、これっぽっちも同情していない。金を返してやったのは、白鳥が夜逃げすると、今度はタケシが追われるからだ。息子で秘書となれば、出資者たちは黙っていないだろう。タケシは気が弱いから、どうなるかわからない。もっとも、それは最初から予測できたことなので、自分の読みが甘かったということだけれど。

本当はやさしすぎて——だって？　まったくミタゾウは人を見る目がない。ミタゾウの字は下手だった。それも小学生みたいに子供っぽい。千恵はつい笑ってしまう。

ひとつだけ答えてやろうかな。永福飯店の支配人のことだ。あのあと、どうしても気になったので、ベレー帽とサングラスで変装して店に見に行ったのだ。

支配人はいつもどおりレジにいた。きっと相応のおとしまえはつけさせられたのだろうが、東京湾には沈まなくてすんだのだ。

でも、いいか。手紙なんて、面倒くさい。

たばこを灰皿に押し付ける。千恵は両手を伸ばし、大きな欠伸《あくび》をした。

た、い、く、つ。口の中でつぶやく。いい男はいないし、おいしい話もないし。

「ねえ、千恵。クッキーはどれくらい焼けばいい？」ママから声がかかった。

「適当でいい。腐るものでもなし」

ぶっきらぼうに答え、目を閉じた。太陽のせいで、まぶたの裏側が赤く染まっていた。

きっとミタゾウのいるところは、もっと日射が強いことだろう。

日焼けしたミタゾウ、か。想像してみる――。千恵はまた笑っていた。
目を開けた。ペンをとる。手紙ではなくハガキを書くことにした。返事なしというのも、なんだか可哀想な気がしたからだ。

ミタゾウへ。せいぜい羽を伸ばしてなさい。またヨコチンと一緒に招集をかけるからね。

黒川千恵

これでいいか。簡単だし、わたしらしいし――。いつもクールなのが、千恵様だ。
千恵は文面を眺めると、真っ赤なルージュをバッグから取り出した。
唇に濃い目にひいた。ひとつぐらいは、サービスしてもいい。
ポストカードにキスマークをつけた。

解説

北上次郎

奥田英朗は困った作家である。

なにしろ、『最悪』『邪魔』という大傑作を書いた作家なのだ。この二作はクライムノベルという枠内には入らないほど、色彩感豊かな物語で、読み出したら途中では絶対にやめられないのである。個人的には特に後者が好み。どんどん変わっていく主婦の造形が絶品だ。こういう傑作を書く作家なら、普通はしばらく同じ路線でいくものである。それが健全なる社会人の常識、あるいは知恵というものだ。この路線でまだ二作しか書いていないんだし、もう数作はいけるだろう。

ところがこの作家は、そういう読者の期待を裏切って、帯に「八十年代グラフティ」という惹句のついた『東京物語』という作品を書くのである。あの緊迫感あふれる『最悪』『邪魔』の次に、「八十年代グラフティ」とくるから、肩の力が抜けてしまう。すごいのは、ノスタルジックな小説なんて読みたくねえやと思っていると、これもひきこまれていくことだ。考えるまでもなく、『最悪』『邪魔』の作者が、ただのノスタルジックな小説を書くわけがない。名古屋から上京してきた主人公の、浪人時代から就職して三十歳になるまでの恋と仕事の日々を六篇の短編で描いていくこの連作集は、見事な青春小説といっていい。バブル時代の異様な高揚をたたみかけるリズムで描く「バチュラー・パーティー」が特に秀逸。地上げ屋郷田のキャラクター造形が群を抜いている。どの短編も長編になりうる濃さを持っていて、それを短く切りつめているから、それぞれのドラマがどんどんあふれて読者のなかに入ってくる。

しかし、人物造形のうまさは『最悪』『邪魔』に共通しているとはいえ、クライムノベルと青春小説では違いすぎる。これでは、この作家の本線がどこにあるのか、わかりにくい。しかししかし、これで驚くのは早すぎた。その次に書いたのが、あの『イン・ザ・プール』なのである。これは超有名作品なので説明を省くけれど（シリーズ第二作の『空中ブランコ』で直木賞を受賞したのはここに書くまでもない）、トンデモ精神科医伊良部を主人公にした絶妙なユーモア小説だ。いや、きわめつけの「ヘンな小説」といったほうがいい。前記した「バチュラー・パーティー」で、「切迫した日常」を描いていたことを考えると、『東京物語』はまだ、『最悪』『邪魔』の二作と通底しているものが幾分はあったけれど、この『イン・ザ・プール』までくると、もう類似点を見つけるのは困難になる。何なんだこの作家は？

さらに、エッセイ集をはさんで次に刊行された小説が『マドンナ』なのである。四十代のサラリーマンを主人公に、中間管理職の悲哀と小さな喜び、そして彼らの奮闘ぶりを巧みな物語の中にきらりと描いて、たっぷりと読ませる快作だが、今度はストレートな会社員小説だから、これも驚いた。ずっとこういう路線の作品を書いてきた作家なら驚かないが、『イン・ザ・プール』でヘンなキャラクターを作ったばかりの作者が、ど真ん中のストレートを投げるとは想像もつかない。もちろん、これがすごくよくて、私、大好きなのだが。

『最悪』から『マドンナ』まで、四年足らずの間にかくもさまざまな傾向の作品を書くのだから、これでは奥田英朗がどういう作家であるのか分類できない。実は素早く分類したいのである。この作家は〇〇である、と分類して、先に進みたいのだ。こっちだって忙しいんだし。ところが奥田英朗はそういう安易な分類を許さないから困ってしまう。その後も、トンデモ精神科医伊良部を主人公にしたシリーズ（『町長選挙』）や、『マドンナ』の裏返しである『ガール』（これも傑作！）はまだ理解できるとしても、異色の家族小説『サウスバウンド』や、性に翻弄される男女を描いた連作集『ララピポ』と、いったいこの作家は何なんだ、という傾向は続いている。ようするに、奥田英朗の小説は、何が飛び出してくるかわからないのだ。びっくり箱のような作家といっていい。読み始めるまで皆目見当もつかないから、そのぶんだけ、新作を手にしたときに、今度はどの手で来るのかと期待に胸が高まるのだが。

本書『真夜中のマーチ』は、『マドンナ』の次に上梓された長編である。シリアスなクライムノベル、純度高い青春小説、きわめつけのヘンな小説、そして会社員小説の次に刊行されたこの長編は、スラップスティック小説だ。奥田英朗の自由奔放なジャンル横断はとどまるところを知らないのである。

横山健司という二十五歳の青年が主人公。高校時代から様々なイベントやパーティーで金儲けの味を知り、大学も除籍になって今では渋谷を根城にプロデュース会社を経営している青年だ。経営といっても、社員は舎弟扱いの若者が一人だけ。出会い系パーティーを主催したり、アダルトビデオに女の子を送り込んでは、せこい利ざやを稼いでいる。その健司がやくざの賭場を襲って大金強奪を計画するというのがこの長編の発端である。

その計画がすんなりと成功しては物語が成立しないから、当然次々にアクシデントが起こることになる。それを紹介してしまっては読書の興を削ぐことになるのでここは我慢。美女と犬が絡んでくることと、ストーリーがどんどん錯綜して、テンポいい物語が進行していくことだけを書くにとどめる。着地もなかなかにうまいので、たっぷりと堪能されたい。

初出☆小説すばる
2002年11月号
2003年3月号
2003年5月号
2003年8月号

この作品は二〇〇三年十月、集英社より刊行されました。

集英社文庫

真夜中《まよなか》のマーチ

2006年11月25日　第1刷
2007年3月25日　第4刷

定価はカバーに表示してあります。

著　者　奥田英朗《おくだひでお》

発行者　加藤　潤

発行所　株式会社 集英社
東京都千代田区一ツ橋2-5-10　〒101-8050
電話　03-3230-6095（編集）
03-3230-6393（販売）
03-3230-6080（読者係）

印　刷　凸版印刷株式会社

製　本　凸版印刷株式会社

フォーマットデザイン　アリヤマデザインストア　　マークデザイン　居山浩二

ISBN978-4-08-746095-7 C0193